Operation Cobra

Ein Roman aus dem Zweiten Weltkrieg

Richard G. Hole

Operation Cobra
Ein Roman aus dem Zweiten Weltkrieg

Richard G. Hole

Zweiter Weltkrieg

ZUSAMMENFASSUNG

Die Operation Cobra war im Gange.

Daran beteiligten sich vier Infanteriedivisionen sowie die 2. und 3. Panzerdivision, die alle aus dem 7. Armeekorps bestanden. Es war zwölf Tage her, dass die Alliierten ihre Landung in der Normandie abgeschlossen hatten. Der Brückenkopf war gesichert, aber die US-Truppen bewegten sich noch immer auf einem schmalen Landstreifen, der nicht ausreichte, um die täglich eintreffende Flut von Verstärkungen, Waffen und Vorräten einzudämmen, und es musste erweitert werden.

Die Mission des 7. Armeekorps bestand darin, in die feindliche Front einzubrechen und schnell in Richtung Süden vorzudringen, um einen Korridor zu schaffen, durch den sich Panzer- und Infanterieeinheiten bewegen konnten ...

Operation Cobra ist eine Geschichte aus der Sammlung des Zweiten Weltkriegs, einer Reihe von Kriegsromanen, die im Zweiten Weltkrieg entwickelt wurden.

OPERATION COBRA

I

Die Operation Cobra war im Gange.

Daran beteiligten sich vier Infanteriedivisionen sowie die 2. und 3. Panzerdivision, die alle aus dem 7. Armeekorps bestanden.

Es war zwölf Tage her, dass die Alliierten ihre Landung in der Normandie abgeschlossen hatten.

Der Brückenkopf war gesichert, aber die US-Truppen bewegten sich noch immer auf einem schmalen Landstreifen, der nicht ausreichte, um die täglich eintreffende Flut von Verstärkungen, Waffen und Vorräten einzudämmen, und es musste erweitert werden.

Die Mission des 7. Armeekorps bestand darin, in die feindliche Front einzubrechen und schnell nach Süden vorzudringen, um einen Korridor zu schaffen, durch den sich Panzer- und Infanterieeinheiten bewegen konnten.

An seinem Kommandoposten wartete Colonel Bruce Ayers, Chef des 67. Panzerregiments, 2. Division, ungeduldig.

In jeweils fünf Minuten gaben Telefon oder Funk ausreichend Einblick in den Betriebsfortschritt.

Die Luftfahrt und die begleitende Artillerie hatten die Bombardierung der nach dem Frontzusammenbruch schwach aufgestellten deutschen Stellungen bereits beendet.

In diesem Augenblick stürmten die IV., 90. und 30. Infanterie-Divisionen vor.

„Jeder auf seinen Posten", befahl der Oberst den Bataillonsführern, die an seiner Seite standen.

Unzählige Panzer aller Größen wurden unter den Bäumen versteckt, um sie vor den sporadischen Angriffen der deutschen Luftfahrt zu schützen.

Die vier Gruppenkommandanten befahlen ihren Männern, in sie einzudringen und die Motoren zu starten. Sie führten kurze Manöver durch, um die am besten geeignete Position für den Vormarsch zu finden.

Colonel Ayers stand noch immer am Kommandoposten, nervös rauchend, vor einem Funkgerät am Boden, während er einen letzten Blick auf die Karte warf.

Er würde sich einem gefährlichen Feind stellen müssen, der in Verzweiflung über die Niederlage kämpfte.

Die Deutschen hatten an dieser Front eine Fallschirmjäger-Division, die Panzer Lehr, die 2.

Ayers war ein Mann von ungefähr siebenundvierzig, groß, dünn und dehnbar, nicht ganz in seinem Alter.

Nur sein Haar, das an den Schläfen zu bleichen begann, verriet, dass er nicht so jung war, wie er auf den ersten Blick schien.

Die Augen waren grau, manchmal verträumt, und der kantige Kiefer drückte Entschlossenheit aus.

Ohne es kaum zu merken, wanderte sein Blick weiter über das Flugzeug, bis es an einem winzigen Punkt stoppte, der eine Stadt darstellte.

"Tessy-sur-Vire", las er.

Er schloss die Augen und konnte die Stadt sehen. Seine weißen und roten Häuser, die auf der ruhigen und grünen Strömung des Flusses Vire reiten, die Pappelhaine, die ihn umgeben ... dieser Obstgarten und das bescheidene kleine Haus, das in seiner Mitte stand.

„Würden sie noch existieren? "fragte er sich". Was würde aus Marie werden?

Es war alles so abgelegen!

Der Funkspruch durchtrennte seine Gedanken und verkündete, dass der deutsche Widerstand zu weichen begann und die Front jeden Moment gebrochen werden würde.

Ayers verließ seinen Posten unter einem dicken Olivenbaum und blickte in den Himmel. Es war der fünfundzwanzigste Juli, und dieser schien intensiv blau, ohne eine einzige Wolke.

Vier Meilen weiter südlich dröhnte ein unterbrochener Donner von den hundertsiebzig begleitenden Geschützen und markierte den letzten deutschen Widerstand.

Es war eine Sache von Minuten, um den Angriff nacheinander starten zu müssen, und höchstens ein paar Tage, um sich in Tessy wiederzufinden.

Als er vor zwanzig Jahren Frankreich mit dem Rest der Truppen von General Pershing verließ, glaubte er nie, dass er dieses Land jemals wieder betreten würde.

Und siehe da, es war nicht nur so gekommen, er kehrte auch als Kämpfer zurück, und der Schauplatz seiner Heldentaten sollte genau das am Fluss verengte französische Dorf sein, in dem er seine besten Stunden verbrachte spent Rekonvaleszenz.

Alles schien wie damals. Die Fronten waren anders. Auch die Bewaffnung variierte, insbesondere die Panzer; aber im Wesentlichen blieb der Rest gleich und die grundlegende Tatsache war dieselbe: Die Deutschen kämpften auf der einen Seite und die Franzosen, Engländer und Amerikaner auf der anderen.

Aber jetzt war Marie nicht da, und er war vierundzwanzig Jahre älter.

Darin gab es einen großen Unterschied.

Und auch in etwas anderem. Im ersten Krieg war er Feldwebel. Er war jetzt Oberst und kommandierte ein Panzerregiment.

Das Funkgerät fing wieder an zu telefonieren. Ayers beugte sich über ihn und nahm die Nachricht auf.

"Achtung! Achtung! Regiment 67, los. Die Front ist gebrochen.

Bruce Ayers löste sich ebenso leicht aus seinen Gedanken, warf seine Zigarette auf den Boden und sprang flink auf den Shermann, der ein paar Meter entfernt mit laufenden Motoren wartete.

Einmal im Turm installiert, gab er den Befehl zum Vorrücken und das Regiment marschierte in Massen auf.

Neunzig stählerne Monster bewegten sich mit höchster Geschwindigkeit ihrer Maschinen nach Süden und nutzten die schmalen Pfade zwischen den Obstgärten.

Alles, was ihnen in den Weg kam, war schrecklich zerstört, als wäre ein gefräßiger und verheerender Wirbelsturm über Bäume, Häuser und Mauern hinweggezogen.

Ayers, der sich aus dem Turm beugte, das Funktelefon in der Hand, kommandierte die Bewegungen seiner Männer, und das Regiment rückte gleichzeitig vor.

Das Geräusch der Schützen war kaum eine halbe Meile entfernt zu hören und wurde deutlicher, als sie sich der Lücke näherten.

Sie fanden sich bald an der Stelle wieder, an der die Kämpfe begonnen hatten.

Viele amerikanische und deutsche Soldaten lagen regungslos in verschiedenen Haltungen am Straßenrand.

Einige von ihnen wiesen gewaltige Wunden auf, die von Granatsplittern verursacht wurden, und keiner konnte den Triumph oder die Niederlage ihrer Waffen miterleben.

Kurz darauf, an Saint Gilles vorbei, stand ein Verbindungsoffizier in der Mitte der Straße nach Canisy und schwenkte eine grüne Fahne.

Ayers befahl dem Fahrer, den Tank anzuhalten, und der Offizier kam auf ihn zu und begrüßte ihn.

„Colonel Ayers?", fragte er.

„Das gleiche. Wie läuft es?

"Wir haben viele Verluste erlitten", antwortete der Offizier. Combat Command B und Combat Group 22 sind fast aus dem Bild, aber wir haben es geschafft, die Lücke zu schließen. Diese Bastarde verteidigen sich wie Dämonen.

„Wo ist die Lücke offen?

"Auf beiden Seiten der Straße von Cerisy de la Salle", antwortete der Offizier. Unsere Infanterie versucht, es zu erweitern.

"Auf geht's.

Das 67. Panzerregiment beschleunigte den Marsch in Richtung Front, indem es den Weg von Cerisy und den von Le Cenily als Achse nahm.

Vor ihnen zogen kleine Familiengärten vorbei, deren niedrige Mauern eingestürzt waren.

Als sie sich der Frontlinie näherten, wurden die Verwundeten häufiger.

Mit Freude betrachteten sie die riesigen Panzerreihen, nicht ohne einen gewissen Groll, und fragten sich vielleicht, warum sie ihren Vormarsch nicht gesichert hatten.

Ayers bemerkte genau, als er durch die klaffende Lücke ging.

Mehrere Kanonenbatterien feuerten rechts und links ihre Geschosse ab, um den Infanterietruppen zu helfen, die die Deutschen langsam zur Seite drängten.

Im Vorbeigehen begrüßte ihn ein Artilleriehauptmann fröhlich.

„Los!" sagte er. Der Feind ist auf dem Rückzug. Unsere Kanonen erreichen sie nicht mehr.

Das 67. Regiment setzte seinen Vormarsch fort und nutzte alle Durchschlagswege. Die Infanterielinie war jetzt weit zurück und führte Aufräumarbeiten durch.

Ayers wusste genau, dass das 66. Regiment bereits entlang des Flusses Vibre vorrücken würde, was den anderen Biss der Zange darstellen würde, der zahlreiche deutsche Truppen stark bedrohte.

Als er die Straße auf und ab sah, konnte er die riesigen Massen von Shermans sehen, die vorwärts stürmten, ohne sich darum zu kümmern, was sie zurückließen.

Sicherlich stürmte gerade in diesem Moment durch die offene Lücke ein Sperrfeuer von Männern, die hinter den Schienen der Panzer marschierten, die den Weg freimachten.

Der scharfe Knall eines Kanonenschusses unterbrach seine Überlegungen wieder.

„Ein Panzerabwehr!", murmelte er.

Es klang richtig. Es feuerte Salven von drei Runden ab, und einer der Panzer des Regiments war bereits Opfer seiner tödlichen Schüsse geworden.

Ayers hörte aufmerksam zu. Die Kanone feuerte offenbar von einem kleinen Boulevard entlang der Straße.

Durch das Mikrofon zeigte er der Dritten Abteilung seinen möglichen Standort an, deren Autos sofort auf das Einkaufszentrum zusteuerten.

Der von Leutnant De Ruse besetzte Panzer rückte kühn vor und stopfte das Gras einer Wiese.

In seinem Inneren suchte Roy de Ruse durch das schmale Bullauge den Horizont ab. Eine leichte Bewegung in der Mall zeigte ihm, dass sein Chef Recht hatte.

„Ich genieße immer noch die Aussicht aus der Adlerperspektive", murmelte er. Hart, Schütze ...

Der 7,7-Teil des Panzers begann auf den Boulevard zu schießen.

Drei weitere Panzer kamen neben dem ersten und schlossen sich ihm mit ihrem Feuer an, und der Rest der Panzer der Vierten Kompanie umzingelte die Baumgruppe und schickte eine Flut von Projektilen darauf.

Die Panzerabwehrkanone hörte auf zu feuern. Die meisten seiner Diener waren verletzt oder getötet worden.

Bald darauf schwebte ein weißer Schal in der Luft und Gruppen deutscher Soldaten tauchten mit erhobenen Armen aus den Bäumen auf.

Roy de Ruse ließ mit seinen Männern und den Dienern von zwei weiteren Panzern ihre Maschinen im Stich und ging ihnen mit vorbereiteten Waffen entgegen, aber die Deutschen schienen sehr glücklich darüber, gefangen genommen worden zu sein.

Es waren meist junge Männer, und sie waren bestimmt um die dreißig.

„Wie zum Teufel sind sie auf Widerstand gekommen? Roy fragte einen von ihnen auf Französisch.

"Es war ein Offizier bei uns", antwortete der Deutsche. Wir sind mit einer Kanone zurückgefallen, als du die Front gebrochen hast ...

„Ist schon okay. Mach weiter.

Ein Panzer, dessen Maschinengewehre auf die Gefangenen gerichtet waren, führte sie auf die Straße, bis sie einige Infanterie-Truppen in Lastwagen vorrückten und sie in ihrer Obhut überließen.

Der Vormarsch dauerte zwei weitere Tage mit einem durchschnittlichen Fortschritt von fünfzehn bis zwanzig Kilometern pro Tag.

Am 29. Juli begann die Kolonne bestehend aus dem 67. Panzerregiment und einem Bataillon des 22. Infanterieregiments eine einschließende Bewegung über Villebaudon und besetzte die Stadt in den frühen Morgenstunden.

Den Truppen wurde eine kurze Pause gewährt, während die Nachhuttruppen eine Linie in der Nähe der Stadt bildeten.

Die begleitende Artillerie, die sich einen Kilometer hinter Villebaudon befand, feuerte ihre Raketen auf die sich zurückziehenden Deutschen ab.

Die Infanteristen verbrüderten sich in der Stadt mit den Panzersoldaten und mit der Zivilbevölkerung. Der Vormarsch war so schnell gewesen, dass die Stadt kaum zerstört wurde.

Der Oberst wollte gerade die Stimme des Vormarsches geben, als an der Front eine kleine Pause eintrat.

Einen Moment später war wieder das Donnern der Kanonen zu hören, nun näher an der Stadt, und die Explosionen einiger Granaten am Stadtrand störten die Freude der Yankee-Soldaten.

„Was zum Teufel ist hier los?", grummelte Ayers.

Es dauerte nicht lange, um es herauszufinden. Ein Mob von Soldaten stürmte plötzlich die Stadt mit Schrecken ins Gesicht.

Ayers stand in der Mitte des Platzes, die Waffe in der Hand.

„Was ist passiert?“, fragte er mit dröhnender Stimme den ersten Soldaten, den er befragen konnte.

"Der Deutsche Gegenangriff", antwortete dieser aufgeregt. Sie sind schon oben. Sie sind Tausende und Abertausende.

Die Offiziere hatten Mühe, den Rückstoß ihrer Männer einzudämmen.

Der Vormarsch war bis dahin so einfach gewesen, dass sie von dem ebenso unerwarteten wie gewaltigen deutschen Gegenangriff überrascht und in Unordnung geflohen waren.

Ayers gab ein paar schnelle, unverblümte Befehle.

Es war notwendig, die Situation wieder in den Griff zu bekommen, sonst waren sie verloren.

Amerikanische Panzer, die in den Hainen in der Nähe der Stadt tankten, hoben schnell von ihren Sammelposten ab und brüllten vorwärts.

Von den Türmen aus ermutigten seine Diener die Infanteristen, denen sie begegneten, und zwangen sie, an die Front zurückzukehren und hinter ihren Massen zu stationieren.

Ayers befahl einer der Kompanien, zweihundert Meter vorzurücken, um Kontakt mit dem Feind herzustellen.

Roy rückte mit seinem Panzer vor, bis er an einer Kreuzung stand und hinter einer Baumgruppe Deckung suchte.

Ein paar Minuten vergingen, langsam, gequält, voller Unsicherheit.

Endlich tauchte ein deutscher Panzer vor ihnen auf. Der Kanonier richtete sein Fadenkreuz auf ihn, aber Roy de Ruse befahl:

„Warte noch ein bisschen, Nyland.

Der Panzer passierte sie, ohne sie zu sehen. Gleichzeitig drehte sich der Turm des amerikanischen Monsters, und Roy stieß beinahe einen Freudenschrei aus.

Ein halbes Hundert deutsche Soldaten rückten dicht an den Panzer heran.

Der Großteil davon hatte sie daran gehindert, den zwischen den Bäumen versteckten Amerikaner zu sehen, und sie erfuhren von seiner Anwesenheit, als sein vorderes Maschinengewehr höllisch zu knistern begann.

Viele der Soldaten wurden von den Projektilen getroffen und fielen in ungewöhnlichen Haltungen zu Boden.

Zur gleichen Zeit begann die Kanone plötzlich ihr Feuer auf den deutschen "Tiger" zu entfesseln.

Die Aggression kam so unerwartet, dass die Insassen des deutschen Panzers keine Zeit hatten, ihn umzudrehen, um sich zu verteidigen.

Kurz darauf versuchte seine Besatzung, an Land zu springen, um sich den überlebenden "Infanteriesoldaten" anzuschließen, die durch ihre Rüstung geschützt marschierten, dies jedoch nicht konnten, da Roy das Maschinengewehr auf sie zielte und sie jagte, als sie aus dem Turm spähten.

„Geh zurück, Rideen“, befahl er dem Fahrer.

Der Panzer machte einen scharfen Sprung nach hinten und begann sich zurückzuziehen, während die überlebenden feindlichen Soldaten nach dem ersten Überraschungsmoment einen wahren Granatenhagel auf das stählerne Ungeheuer abfeuerten.

Den ganzen Tag über dauerten die Kämpfe auf breiter Front gegen deutsche Einheiten, die durch eine Panzerdivision verstärkt wurden.

Am Himmel verhinderte die alliierte Luftfahrt immer wieder den Kontakt der deutschen Reserven mit den Kombattanten, zerstörte die Brücken, warf Tausende und Abertausende Tonnen Bomben auf Straßen und Eisenbahnen.

Es war eine tödliche Saat, die einen deutschen General ausrief, als er gefragt wurde, was das beste Fahrzeug für die Reserven sei, um sich der Front zu nähern:

„Zweifellos das Fahrrad!

Jede Bewegung, jeder Lastwagen- oder Zugschatten wurde sofort von den britischen und amerikanischen Superbombern als Zielscheibe genommen, die auf diese Weise maßgeblich zum Sieg beigetragen haben.

Am Ende wurde der deutsche Widerstand besiegt und während des 30. Jahrhunderts setzte die Kolonne ihren Vormarsch langsam und sicher auf ihrem Weg nach Tessy-sur-Vire fort, wo sie auf den anderen Zweig der Zange, angeführt von der 66. Armored ., treffen sollte Regiment.

Am folgenden Tag teilte sich das Regiment in drei Kolonnen, die den Angriff auf Tessy aus ebenso vielen Richtungen begannen, ausgehend von Mesnil Opac, Moyen und Villebaudon.

Als sich seine Truppen der Stadt näherten, ließ Ayers seinen Blick über eine vertraute Landschaft gleiten, die in seiner Erinnerung noch nicht gestorben war.

Wie oft war er mit Marie fest umschlungen durch diese Orte gegangen!

Eine abgelegene Hütte auf dem Lande am Straßenrand, deren Ruinen mit Moos bedeckt waren, erinnerte ihn an jene Nacht, die er darin verbracht hatte, an einer Party, die er nie vergessen konnte.

Dort gab er Marie den ersten Kuss und dort schwor er, was auch immer passieren würde, sie würde seine Frau sein und sie in die Vereinigten Staaten mitnehmen.

Marie hätte sich bestimmt ein paar Monate oder vielleicht Jahre auf ihn gefreut; bis ihre Hoffnung, ihn wiederzusehen, nach und nach verblasst wäre.

Was würde sie von ihm denken, wenn sie merkte, dass er ihr die Frucht seiner Liebe hinterlassen hatte?

Mit einem Seufzer versuchte Ayers, diese Gedanken zu verdrängen. In ein paar Stunden würde er in Tessy sein. Er wollte und fürchtete sich zugleich, diese Frau wiederzusehen, die ihm alles gab, ohne etwas zu verlangen.

„Ich war ein perfekter Schurke", sagte er sich.

Auf dem Höhepunkt seiner siebenundvierzig Jahre konnte er sich auf diese Weise beleidigen, ohne ein Jota an Entschuldigung für sein Verhalten zu finden.

Wie würde Marie sich verhalten, wenn sie ihn wiedersah?

Zwölf Kilometer von Tessy entfernt starteten die Deutschen einen heftigen Gegenangriff. Diese Männer schienen sich der Erschöpfung nicht bewusst zu sein.

Seine Panzer, seine Soldaten, seine Kriegstaktiken tauchten auf, als es am wenigsten erwartet wurde, und versetzten den amerikanischen Truppen auf dem Marsch schreckliche Schläge.

Dreizehn Stunden lang blieb das Glück unentschieden, doch am Ende wurden die 2. und 116. Panzerdivision zurückgeschlagen.

Ein kleines Dorf vor Tessy wurde von der Infanterie besetzt und das Ayers-Regiment versammelte sich in einem Gebiet nördlich davon, um am nächsten Tag ihre Angriffe fortzusetzen.

Am einunddreißigsten Juli griffen die vier Bataillone des Regiments in einem Wirbelsturm an.

Er hatte sechzehn schwere und vier leichte Panzer verloren, aber das erste Ziel der Operation Cobra war nahe.

Der Fluss Vire glitt träge auf die Orne zu, vier Meilen von ihrem Lagerplatz entfernt.

Vor ihnen bauten die Infanteristen hastig rudimentäre Schützengräben. Dahinter ragte hinter einer grünen Masse Tessys Kirchturm empor.

Ein andermal hatte Ayers dasselbe Panorama gesehen, aber diesmal saß Marie neben ihm, ihr Gesicht an seines gepresst und Rauchsäulen stiegen über der Abendruhe auf und die Hähne krähten.

Der Krieg war dann sehr weit, Richtung Osten ...

II

Im Morgengrauen des ersten Augusttages stellte Ayers seine Panzer in Schlachtordnung und griff die Stadt energisch an, wobei er die Villebaudon-Straße als Achse nahm.

Eine feindliche Kolonne, bestehend aus etwa vierzig Lastwagen, rückte schnell am Flussufer entlang, um aus der Schlinge zu kommen, bevor sie sich schloss, und wurde unerwartet von amerikanischen Panzern angegriffen und erlitt große Verluste.

Um zehn Uhr morgens drangen die ersten Panzer in die Stadt ein, aber die Deutschen, die in den Häusern stationiert waren, bewarfen sie mit Panzerabwehrgranaten und die beiden Monster blieben tödlich verwundet und versperrten den Weg .

Dies zeigte Ayers, dass der Feind nicht bereit war, die Stadt einfach so zu verlassen, und tatsächlich erhielt er kurz darauf die Nachricht, dass das III. Bataillon südlich von Tessy isoliert sei.

Es kostete ihn keine Arbeit, ihn zusammen mit Truppen der 29. Division zu befreien, und kurz darauf ging die gesamte Kolonne en masse zum Angriff.

Der Lärm war ohrenbetäubend.

Die Divisionsartillerie ging auf Rot und feuerte unaufhörlich auf den Stadtrand einen tödlichen Geschossregen ab.

Die Deutschen ergaben sich jedoch erst am Abend unter erbittertem Widerstand mit Artillerie und Panzern MK-IV und MK-V, bis sie sich schließlich dezimiert und angeschlagen in den Süden der Stadt zurückzogen, während andere Einheiten den Fluss überquerten . Wende.

In der Abenddämmerung betrat Ayers Tessy.

Alle Nachbarn waren in den Kellern und Kellern der Häuser, und niemand erschien vor den Augen der Soldaten, bis zwei Stunden vergangen waren.

Dann begannen sie misstrauisch zu gehen und näherten sich den alliierten Truppen mit Furcht im Gesicht.

Die Yankee-Soldaten boten ihnen Schokolade und Zigaretten an, und als das Eis brach, verbrüderte sich die Zivilbevölkerung mit ihnen.

Roy de Ruse bereitete sich darauf vor, am Ufer der Vire Stellung zu beziehen, aber als er dies tun wollte, rief ihn der Bataillonskommandeur zu sich.

Roy stand vor ihm. Commander Cole sah ihn mitfühlend an. Roy war einer der besten Offiziere, wenn nicht der beste.

Bisher hatte er nicht viel Glück gehabt, da andere mit weniger Verdiensten schneller befördert worden waren als er, aber anscheinend lächelte das Vermögen, das es satt hatte, ihm den Rücken zuzukehren, endlich zu.

Er war ein Junge von siebenundzwanzig Jahren; kräftig, voller Leben, mit regelmäßigen Zügen, trotz des Viertagebarts, der seinen Kiefer schwarz färbte.

"De Ruse", sagte der Kommandant. Sie müssen sich bei Colonel Ayers melden. Er hat den Kommandoposten im Rathausgebäude.

"Aber ich muss die Wache am Fluss aufstellen ...

„Mach dir keine Sorgen. Ein anderer Beamter wird es tun. Geh sofort.

„Du weißt nicht, was du willst?

„Ich schätze, mehr nicht. Sie mussten ihren Assistenten vom Feld entfernen.

"Verletzt?

„Nicht. Ich glaube, er hat eine Blinddarmentzündung.

„Und willst du mich nennen?

„Kann sein. Wie auch immer, gehen Sie zu ihm. Er wird es Ihnen sagen.

Roy überquerte die Straßen der Stadt in Richtung Rathaus, voll mit Infanteriesoldaten, die auf dem Boden saßen.

Mädchen umschwirrten sie, und einige junge Französinnen verbrüderten sich mit den Yankees auf eine Weise, die ihren Freunden nicht gefallen hätte.

Die Amerikaner versuchten, sich von ihnen in gebrochenem Französisch verständlich zu machen, das Moliere übel geworden wäre.

Aus den Fenstern der offenen Häuser fielen schwache Lichter auf die Straße, erzeugt von den Öllampen, die die von der Schlacht zerstörten Stromleitungen ersetzten.

Das Rathaus befand sich auf dem Marktplatz. Es war ein modernes Gerichtsgebäude, das sich gegenüber der Kirche befand.

Ein summender und singender Brunnen in der Mitte des Platzes diente als Spülbecken für mehrere Soldaten, die ihre Stiefel ausgezogen hatten und ihre Füße darin auf der Brüstung saßen.

Ein Mädchen lief wie verrückt lachend an ihr vorbei, verfolgt von einem amerikanischen Soldaten, der sie mit einem Schokoriegel für sich gewinnen wollte.

Offenbar war er mit seinen Bemühungen nicht sehr erfolgreich gewesen, obwohl das Lachen der jungen Frau andeutete, dass ihr die Aufmerksamkeit nicht missfiel.

„Hey, Bill!“ rief einer von denen, die sich im Brunnen die Füße gewaschen haben.“ Beeilt euch, ihn zu erobern, der Rest der Division kommt.

„Diese verdammte Französin ist schwerer zu reduzieren als eine Panzerdivision“, erwiderte Bill.

Roy betrat das Rathausgebäude, vor dem zwei Infanteriesoldaten Wache standen.

In den Gängen waren viele Offiziere, die Befehle für den nächsten Tag erhielten. Roy fragte, wo sich das Büro von Colonel Ayers befinde und war bald vor ihm.

Die Flure und Räume des Rathauses waren dank der von den Divisionsingenieuren bewegten Akkus gut beleuchtet.

Roy klopfte unauffällig an die Tür und erhielt sofort die Erlaubnis einzutreten.

Ayers war mit zwei anderen hochrangigen Offizieren da und untersuchte die Klaviere, die auf zwei Gewichten ausgebreitet und aneinander geklebt waren.

Als sie ihn eintreten sah, ging sie auf ihn zu und streckte ihre Hand aus.

„Freut mich, dich zu sehen“, sagte er.

Roy sah in dieses ernste und angenehme Gesicht.

Er kannte seinen Oberst sehr gut und hatte großes Mitgefühl und Respekt für ihn, der an Verehrung grenzte.

Ayers war für seine Soldaten mehr als ein Boss, ein Kamerad.

Ein guter Kamerad, der sich in seinen Freuden und Sorgen wie er selbst kümmerte.

Sie hatte noch nie erlebt, wie er wütend oder unhöflich zu einem Soldaten wurde, nicht einmal, wenn etwas schief ging oder viel Arbeit ihn dazu zwang, ganze Nächte in Weiß zu verbringen, seine Nerven von Tassen reinem Kaffee gestützt.

„Wunderst du dich nicht, warum ich nach dir geschickt habe? fragte Ayers lächelnd.

„Ich nehme an, Sir. Sein Helfer...

„Richtig, richtig, aber das ist es nicht, Roy. Mir wurde befohlen, einen meiner Offiziere als Militärkommandant von Tessy und ihrer Region hier zu lassen, und ich habe an Sie gedacht.

„Warum ich, Herr? "Protestierter Roy." Ich möchte mit dem Regiment vorankommen.

"Es wird ein paar Tage dauern", versicherte der Oberst. Du triffst uns später, Roy, glaube nicht, dass deine Mission einfach wird. In den Hainen sind viele Deutsche versteckt. Du musst den ganzen Bereich reinigen, verstehst du? Sobald er dies getan hat, wird er sich wieder dem Regiment anschließen, wo immer wir uns treffen.

Roy sagte nichts. Ayers sah ihn lächelnd an:

„Ah, noch etwas! Ich habe gerade Ihre Beförderung zum Abteilungsleiter vorgeschlagen. Sie wissen, dass Sie meinen Vorschlag annehmen, damit Sie sich bereits als Kapitän betrachten können.

„Ich weiß es zu schätzen, Sir.

„Das musst du nicht, De Ruse. Ich habe kein Problem damit, Ihnen zu sagen, dass Sie einer meiner besten Männer sind.

„Darf ich mich zurückziehen, Sir?

„Ja. Morgen werden wir den Marsch fortsetzen, aber du bleibst hier. Ich hoffe, ich werde nicht enttäuscht. Tessy wird von Soldaten wimmeln. Du weißt, wie sie sind Seien Sie nicht zu streng mit ihnen.

"Jawohl.

Er verließ das Zimmer, ging den Korridor entlang und fragte sich, wer zum Teufel sie zum Assistenten des Obersten gemacht hatten.

Die Wahrheit war, dass es ihm nicht missfallen hätte, diese Position zu besetzen.

Es war eine Verantwortung und gleichzeitig konnte er am Kampf teilnehmen, was ihm am besten gefiel. Es war auch eine auffällige Position, in der schnell Fortschritte gemacht wurden.

Natürlich würde er befördert werden, was auch nicht schlecht war.

Statt einer Panzerabteilung würde er jetzt eine Kompanie von fünfzehn Panzern befehligen.

Währenddessen planten der Oberst und Offiziere anderer Einheiten weiter zukünftige Operationen. Ayers sagte:

"Sirs. Dies war das erste Mal, dass eine Panzerdivision als solche in diesem Krieg eingesetzt wurde. Es war auch das erste Mal, dass eine perfekte Verbindung zwischen Panzern und Luftfahrt hergestellt wurde. Sie kennen das System bereits für die Zukunft. Wann es gibt ein Ziel zu zerschmettern, ein Panzer hebt sich von den anderen ab und bewegt sich darauf zu, ein Verbindungsoffizier signalisiert das Ziel mit einer Rauchgranate ... und der Rest ist Sache der P-47.

Er hielt inne und fuhr fort:

„Wir sollten auch nicht aufhören, sondern weitermachen, ungeachtet von Verlusten und Schwachstellen des Widerstands. Die Infanterie, die uns folgt, wird später den Boden räumen. Wir sammeln großartige Erfahrungen, die, richtig angewendet, den Krieg deutlich verkürzen werden.

„Wie viele Opfer haben wir erlitten? "Fragte einer der Beamten ...

„Nach Berichten der Division wurden etwa 700 getötet und verwundet. 5.000 Gefangene wurden gefangen genommen und 1.500 Leichen gesammelt. Wie Sie sehen, begünstigt uns das Verhältnis außerordentlich.

Den Rest der Nacht erlebte Tessy das größte kriegerische Aufwallen ihres Lebens.

Die Verbindungen verliefen von einem Ort zum anderen und trugen Befehle, und einige Einheiten gruppierten ihre Truppen neu, um den Vormarsch am nächsten Tag fortzusetzen, sobald dies vom Kommando der Division befohlen wurde.

Ayers schlief kaum ein paar Stunden und verließ im Morgengrauen sein Büro auf dem Weg zum Platz.

Die Soldaten schliefen auf dem Boden.

Andere, glücklicher oder schlauer als ihre Altersgenossen, hatten in einem der wenigen Häuser, die noch standen, ein Feldbett gefunden und fast alle gaben sich der Ruhe hin.

Die Ruhe der Morgendämmerung, die durch eine leichte Brise gekühlt wurde, wurde nur gelegentlich durch einen Kanonenschuss oder Maschinengewehrschuss gestört.

Vier Soldaten wusch sich schweigend im Brunnen, halbnackt und nackt.

Als sie Ayers sahen, blieben sie unschlüssig in ihren Bewegungen stehen, aber er gestikulierte ihnen, begleitet von einem Lächeln, und sie setzten ihre Aufgabe fort.

Ayers' Schritte führten ihn vom Platz und hielten vor dem Gasthaus, das er so gut kannte. Wäre es innen genauso?

Sicher wäre Jean schon sehr alt und würde von seinem Sohn geführt. Wie wurde es genannt? Ach ja, Leon!

Er war sehr jung "fünf oder sechs Jahre", als er in Tessy war, aber er wäre erwachsen geworden und wäre ein Mann ... wenn die Deutschen ihm nicht das Leben abgeschnitten hätten.

Aber den größten Eindruck hatte Ayers, als er die Stadt verließ, als er ein kleines Haus mit rotem Dach betrachtete, das in das Smaragdgrün der ihn umgebenden Felder und Alleen eingebettet schien.

Vor vierundzwanzig Jahren, an einem Tag wie diesem, besichtigte er selbst, Bruce Ayers, ein Sergeant des dritten Infanterieregiments, dieses Haus.

Er stützte sich damals auf einen Stock und war vierundzwanzig Jahre jünger. Dann war Marie da ... und jetzt ...

„Vielleicht auch", murmelte er.

Wie würde die Frau auf seine Ankunft reagieren?

Würde sie ihn empfangen, indem sie ihn an sein unerfülltes Versprechen erinnerte?

Würden Sie ihn überhaupt erkennen?

Es waren Fragen, die ein paar Schritte in Richtung des Hauses beantworten konnten, aber Bruce Ayers hatte es nicht eilig, sich auf den Weg zu machen.

Langsam setzte er sich unter eine Esche, zündete sich eine Zigarette an und richtete seine verträumten Augen auf das Dach, ließ seine Gedanken vierundzwanzig Jahre zurückgehen.

Da lernte er Marie kennen ...

***

Januar 1917 ...

Die Deutschen greifen die alliierten Truppen an allen Fronten wütend an.

Aber diese Offensive beunruhigte das Oberkommando nicht allzu sehr, das von seinen Geheimagenten und Berichten wusste, dass es der letzte Schlag des tödlich verwundeten deutschen Kolosses war, zu versuchen, bei der Unterzeichnung des Waffenstillstands bessere Bedingungen zu erreichen.

Die Amerikaner unter dem Kommando von Pershing verteidigten sich tapfer und setzten ein Beispiel für die besiegten und hungernden Franzosen und die erwachsenen und kalten Briten.

Nur die Belgier kämpften Seite an Seite mit der gleichen Freude wie sie.

Die Zivilbevölkerung, die wenigen Menschen, die in Arras übrig geblieben waren, eilten herbei, um den Platz zu evakuieren, der bereits in Reichweite der deutschen Geschütze war.

Auf den Straßen, die dorthin führten, liefen die Kämpfer, zerstört, in echte menschliche Lumpen verwandelt, mit Verzweiflung auf den Gesichtern auf den Platz zu.

Die Hulaner hatten die erste Schusslinie durchbrochen, indem sie sich hinter aufeinanderfolgende Verteidigungsstufen eingeschlichen hatten.

Im Galopp ihrer Pferde versuchten sie, diesen anfänglichen Erfolg auszunutzen und nahmen Positionen weit hinter der Front ein.

„Die Boches kommen...! Die Boches! „War der allgemeine Schrei.

Von der Spitze eines mit Soldaten und Vorräten beladenen Lastwagens rief Sergeant Ayers:

„Es scheint nur, dass der Teufel kommt, Christus, wie erschrocken sie sind!

„Sie kämpfen seit vier Jahren. Sie haben es satt“, intervenierte ein Beamter.

„Ich vermute, das wird auch den Deutschen passieren.

Der Offizier pfiff.

„Nieder mit allen! Er bestellte.

Die Umgebung von Arras wimmelte von Kämpfern, die sich erschöpft zu Boden stürzten, sich weigerten, einen Schritt vor oder zurück zu gehen, passiv auf den Tod oder die Gefangennahme warteten.

Mehrere Erfrischungsdivisionen, darunter drei Yankee-Regimenter, waren nach Arras geführt worden, um den deutschen Angriff einzudämmen.

Sie machten sich bald auf den Weg zu einer Hügelkette im Norden und Osten der Stadt, wo Befestigungsingenieure und Soldaten sich beeilten, eine schwache Reihe von Schützengräben zu bauen, um den deutschen Vormarsch einzudämmen.

Bruce Ayers und seine Einheit waren bald da; Kämpfen an der Seite der Engländer, Franzosen und Belgier; einige kamen mit ihnen und andere von den sich zurückziehenden Truppen, die auf die Ankunft der Verstärkung reagiert hatten.

Ein doppelter Stacheldraht schützte die Gräben, aber diese waren flach.

Ayers befahl seinen Männern, weiterzugehen, um in sie einzudringen, während mehrere Wachen den Horizont absuchten und versuchten, die Ankunft des Feindes zu erkennen.

Die Soldaten gingen mit sehr geringem Arbeitswillen zur Arbeit.

Der Infanteriesoldat, der König der Schlacht, empfindet das Ausheben von Schützengräben aufs tiefste verachtet und glaubt, dass dies seinen Status als Kämpfer mindert.

Obwohl die Yankees bereits erfahren hatten, wie praktisch ein guter Bodenschutz war, waren sie immer noch Feinde des Schützengrabens.

"Dafür sind Befestigungen da", grummelte Ghuty, der Texaner. Wenn es Zeit ist zu kämpfen...

„Wenn es an der Zeit ist zu kämpfen, werden sie sich notfalls ein Gewehr schnappen“, antwortete Ayers.

Er war ein junger Mann von dreiundzwanzig Jahren, stämmig, mitten in seinem Leben.

"Nun, was ich gesagt habe, ist gesagt", antwortete der Texaner mit der Sturheit der Männer seines Staates.

„Okay, Mann“, antwortete Ayers. Gib mir die Schaufel, ich werde für dich arbeiten.

Der Texaner stand auf.

„Meinen Sie das ernst, Sergeant? "Ich frage.

„Ja, komm die Schaufel.

„Nicht. Es ist nicht genau“, erwiderte der Soldat.“ Diese Übung passt wirklich zu mir.

Ayers lächelte. Er wusste gut, wie er mit seinen Soldaten umzugehen hatte.

Einer von ihnen, ein dicker Kerl, der trotz der Kälte stark schwitzte, unterbrach für einen Moment die Arbeit, um die Bandagen an seinen Beinen zu binden, und brach in das Gespräch ein.

„Das ist es, was mich an manchen Typen satt macht“, sagte er und sah den Texaner an. Sie verbringen ihr Leben damit, das Land ihres Volkes zu graben, und dann werden sie pingelig "er machte eine weibliche Geste und fügte hinzu: Ich grabe? Ganz zu schweigen davon, Sergeant. Weißt du nicht, dass ich zwischen guten Windeln geboren wurde? Graben Sie, ich? Es wäre gut! "Seinen Ton ändernd fügte er hinzu": Und was dann? Nun, es stellt sich heraus, dass sie ihr Leben damit verbracht haben, Kartoffeln zu graben, wie es dem Texaner passiert.

Er sah ihn mit mörderischen Augen an und antwortete:

„Verdammt fett! Der Tag, an dem ich deine kleinen Stücke aufsammeln kann, wird der glücklichste meines Lebens sein.

„Von deinem dreckigen Leben meinst du...

"Nun. Jetzt ist es OK. Los. Dieser Graben muss vertieft werden", warf Ayers ein, um den Streit zu vermeiden.

Den ganzen Tag über widmeten sich die Soldaten der Aufgabe und am Nachmittag wurden die Schützengräben zur Zufriedenheit der Einheitsführer überlassen, die den Rest befohlen.

"Mir scheint, dass die Deutschen heute nicht angreifen", sagte der Dicke.

In diesem Moment kehrte eine der Patrouillen, die ausgezogen waren, um Kontakt mit dem Feind aufzunehmen, zurück mit der Nachricht, dass der Feind auf breiter Front auf die von Arras verteidigten Hügel vorrückte.

„Ich denke, es wäre unbezahlbar gewesen", murmelte der Texaner.

Die Kämpfer nahmen ihre Stellungen ein. Alliierte Flugzeuge flogen mit einem schrecklichen Motorendonner über sie hinweg.

„Wow, diese Typen", sagte einer. Ich weiß nicht, wie sie es wagen zu fliegen!

Kurz darauf manövrierten die Flugzeuge über die marschierenden deutschen Truppen und warfen einige fast harmlose Bomben auf sie.

Zu dieser Zeit war die Technik des Beschusses aus der Luft noch nicht entwickelt und erfolgte meistens durch das Werfen der Bomben von Hand durch den Piloten oder Beobachter, mit dem Ergebnis, dass man weitgehend ohne den Lärm der Schlacht mitwirkte irgendwelche praktischen.

Sobald sich die Flugzeuge entfernt hatten, war die Artillerie wieder im Einsatz.

Die schwerkalibrigen Granaten explodierten in den Reihen der Deutschen, die bereits sehr nahe an den Hügeln schwärmten, und verursachten zahlreiche Verluste, die sie nicht am Vorrücken hinderten.

Im Gegenzug begann die deutsche Artillerie, die Hügel zu bombardieren und einen Feuervorhang zu bilden, durch den die Infanterie sich dreihundert Meter von den alliierten Positionen entfernt aufstellen konnte.

Eine Granate explodierte zwei Meter vom Graben entfernt und warf einen Erdregen hinein, der in ihre Augen, ihren Mund und zwischen ihre Kleidung und ihr Fleisch gelangte.

"Dies ist das erste Mal, dass ich Dreck esse", sagte der dicke Mann stirnrunzelnd und spuckte Schlamm.

Wie bei den anderen war sein Gesicht fast schwarz von den Spritzern von Schlamm und Schlamm.

Plötzlich hörte die Artillerie auf zu donnern, und es folgte eine kurze Pause der Stille, die, wenn auch nicht absolut, im krassen Gegensatz zu dem früheren Lärm stand.

Jetzt aufgepasst, Jungs! "Ayers' Stimme donnerte." Sie werden nicht lange auf sich warten lassen... Da sind sie!

Die Deutschen stürmten massenhaft gegen die alliierten Stellungen, ohne ihr Leben zu respektieren.

Vielleicht glaubten sie, die Artillerie habe den Widerstandsgeist ihrer Verteidiger zunichte gemacht; aber sie fanden die schreckliche Realität eines riesigen Feuers, das von allen Seiten auf sie niederprasselte.

Das Knistern von Maschinengewehren vermischte sich mit Gewehrfeuer und Explosionen von Hand- und Mörsergranaten.

Einige Deutsche schafften es, den Stacheldraht zu erreichen und versuchten, ihn zu durchbrechen, aber dort blieben sie stehen, getroffen von Dutzenden von Schüssen, die auf dem Boden lagen oder wie tragische leblose Puppen am Stacheldraht hingen.

Eine Stunde später, als sich das Sonnenlicht vom Boden zurückzog, wie entsetzt über das Blutbad, das es miterlebte, stellten die Deutschen ihren Angriff ein und wichen in einer verwirrten Truppe zurück.

Die Amerikaner begannen mit Begeisterung zu jubeln und zu jubeln.

Einige taten so, als wollten sie aus dem Graben springen, um die Verfolgung aufzunehmen, aber der Stacheldraht verhinderte ihren Zweck.

„Was für eine Prügel!" rief ein Soldat aus." Sie wollen sicher nicht zurück.

„Sie denken schon, aber Sie irren sich", entmutigte ihn der Sergeant. Dies war nur eine Positionsprobe, aber morgen werden sie mit Panzern zur Ladung zurückkehren.

Die Soldaten sahen ihn unbehaglich an.

„Glaubst du? fragte der dicke Mann.

"Natürlich. Aber keine Angst, Junge. Wir werden sie ablehnen, wie wir es jetzt tun ... Ich habe mir ein Verfahren ausgedacht ... Natürlich gibt es heute Abend ein bisschen Arbeit, aber es lohnt sich. Ich Ich werde den Kapitän sehen.

Fünf Minuten später hörte sein Vorgesetzter Ayers aufmerksam zu, der seine Idee zur Abwehr der Panzerangriffe erklärte und am Ende ausrief:

„Großartig, Sergeant! Sie haben in dem von der Kompanie besetzten Sektor freie Hand. Wenn alles gut geht, werden die anderen Einheiten das System bald übernehmen.

III

Die Deutschen griffen am nächsten Tag im Morgengrauen erneut an.

Und das Schlimmste war, dass Sergeant Ayers Recht hatte, wenn er dachte, dass sie es tun würden, um den Stacheldraht geschützt durch Panzer zu zerstören, ohne unnötig das Leben der Soldaten preiszugeben.

Die Yankees runzelten die Stirn, als sie die Massen von stählernen Monstern ansahen, die träge auf sie zukamen, behindert durch den schleimigen Schlamm, der die Erde bedeckte, aber mit einer unheimlichen und bedrohlichen Sicherheit und Beständigkeit.

Einige der Soldaten hatten einen Wagenangriff noch nicht überstanden und begannen Angst zu zeigen, leckten sich die ausgetrockneten Lippen, schluckten und explodierten sogar in Panikschreien.

„Fürchtet euch nicht, Jungs“, sagte ein Veteran. Sergeant Ayers ist vorne. Es wird ihnen nicht erlauben, hierher zu kommen.

Hinter jedem Panzer marschierten Dutzende von Männern, die von dem stählernen Monster beschützt wurden.

Diese Soldaten, die sein Leben verachteten, waren damals gefährlicher als die Panzer selbst.

Tatsächlich war die Panzerung der Panzer nicht gut studiert, ihre Motoren waren nicht sehr leistungsstark und die begleitende Artillerie und sogar Mörser mit horizontal positionierter Kanone kamen wunderbar mit ihnen zurecht.

Aber sein Schutz ermöglichte es den nachmarschierenden Soldaten, die gleichen feindlichen Schützengräben zu erreichen und in sie zu springen, Handbomben zu werfen oder mit einem Messer zu kämpfen.

Sie waren Selbstmordsoldaten, die im Allgemeinen im Einsatz umkamen.

Aber ihr Heldentum bedeutete, dass die Masse der Angreifer in die Schützengräben springen konnte, während ihre Verteidiger gegen sie kämpften.

Die Deutschen waren die ersten, die diese Taktik anwandten, gegen die Ayers' kriegerische Intuition gerade Abhilfe gefunden hatte.

Die Panzer näherten sich langsam.

Sie waren bereits hundert Meter von den amerikanischen Schützengräben entfernt, als die Geschütze von '77 auf sie schossen.

Die Soldaten, die hinter ihren grau gestrichenen Massen in Deckung gingen, versuchten, sich von den Flankenfeuern abzuwehren.

In kleinen, versteckten Löchern im Boden kauernd, ließen Ayers und ein Dutzend anderer Soldaten sie durch, ohne Bomben unter ihre Triebwerke zu werfen.

Einer der Panzer fuhr so nah an dem Loch vorbei, das der Sergeant und ein anderer Soldat mit einem Maschinengewehr besetzt hatten, dass er sie fast zerquetschen würde.

Plötzlich hob Ayers den Kopf, warf die dreckbedeckten Planken beiseite, die das Loch verdeckten, das sie besetzten, und begann mit dem kleinen Maschinengewehr, das auf die hinter den Panzern marschierenden Deutschen ausgerichtet war, auf dessen Rand abzufeuern.

Die tödlichen Maschinen entwirren ihren Todesrosenkranz.

Ein halbes Dutzend von ihnen war an einer dreihundert Meter langen Front stationiert, die schnell auf die hinter ihnen marschierenden Deutschen feuerte, ohne sich der Gefahr bewusst zu sein, die sie zurückließen.

Die Geschosse trafen die ahnungslosen Soldaten, von denen die meisten leblos zu Boden fielen.

Nur wenigen gelang es, sich zu retten, indem sie sich zwischen ihre verwundeten Kameraden stürzten.

Die Panzer, ohne dass ihre Insassen es bemerkten, setzten ihren Vormarsch allein in Richtung der Yankee-Stellungen fort, von denen ein Freudenschrei aufstieg, als sie sahen, dass sich Ayers' Idee ausgezahlt hatte.

Drei oder vier schafften es, den Stacheldraht zu erreichen und sie mit ihrer Masse zu zerquetschen.

Seine Insassen verzogen verwundert die Gesichter; fragte sich, was passiert war, als kein einziger Soldat durch die Lücken schoss.

Doch Ayers hatte nichts vorausgesehen oder zumindest keine Lösung dafür gefunden.

Ein Schrei seines Partners hatte die Tugend, das Lächeln von seinen Lippen zu reißen.

„Schauen Sie, Sergeant!

Die zweite deutsche Lawine war im Gange.

Es waren Tausende und Abertausende von Soldaten in ihren grünen Uniformen, die schnell auf die amerikanischen Schützengräben zuglitten. Offenbar hatten sie gemerkt, was passiert war und griffen wie besessen an.

Ayers drehte das Maschinengewehr um, und die Insassen der benachbarten Löcher folgten ihm.

Die Deutschen waren schon oben. Die Maschine spuckte erneut Feuer.

Ayers drückte in schrecklicher Wut ab. Zwei Deutsche, die sich neben dem Loch aus dem Boden erhoben, fielen in einer Kugel so nahe, dass der Feldwebel ihre schmerzerfüllten und erstaunten Gesten erkennen konnte.

Aber die Lawine war nicht aufzuhalten.

Die Maschinengewehre machten einen tödlichen Schnitt in die engen Reihen des Feindes, ohne ihn aufhalten zu können, und zu dieser Gefahr gesellte sich eine andere.

Plötzlich hörten die beiden Männer hinter dem heiseren Dröhnen der Motoren eines der Panzer und drehten sich gerade noch rechtzeitig um, um das metallische Ungeheuer wie ein teuflisches Ungeheuer auf sie zukommen zu sehen, während es gleichzeitig seine Maschinengewehre abfeuerte.

„Es wird uns zerquetschen! Ayers schrie. Herausspringen!

Dabei beobachtete er aus dem Augenwinkel, wie sein Gefährte über den Rand des Lochs fiel, getroffen von den Geschossen des Panzers.

Ayers rollte zur Seite, und das Monster ging an ihm vorbei und grub seine Schnauze in das Loch, das es gerade hinterlassen hatte.

Ein herzzerreißender Schrei seines unglücklichen Gefährten, als er vom Panzer zerquetscht wurde, ließ das Blut in seinen Adern kalt werden.

Ayers versuchte, zu den Yankee-Gräben zu kriechen, aus denen gerade seine Gefährten sprangen und dem Feind durch die Löcher der Panzer im Stacheldraht entgegenstürmten.

Plötzlich bemerkte er ein Brennen in der linken Seite, gefolgt von einem weiteren, nicht weniger schmerzhaften im Oberschenkel auf derselben Seite.

Eine Art schwarzer Schleier wurde von jemandem vor seinen Augen herabgelassen und er versenkte das Bewusstsein, ohne etwas dagegen tun zu können.

Sein Gesicht fiel in eine Pfütze schmutzigen, stinkenden Wassers, aber Ayers bemerkte es nicht mehr.

Als er aufwachte, traf ein blendendes Licht seine Augen und zwang ihn, sie wieder zu schließen.

Obwohl er seinen Kopf nicht drehen konnte, erreichten einige verwirrte Stimmen seine Ohren, aber er konnte nicht verstehen, was sie sagten.

Es schien ihm, als schwebte er auf einer Wolke ohne Form und Konsistenz.

Eine seltsame Gestalt beugte sich über ihn. Er konnte nur ihre Augen und einen Teil ihres Gesichts sehen. Die Rückseite wurde von einer weißen Maske verdeckt.

„Er ist erwacht", sagte er. Anästhesie.

Etwas Schwarzes näherte sich seinem Gesicht, er spürte einen seltsamen Geruch und dass die Luft fehlte, und er schlug verzweifelt um sich, um zu überprüfen, ob seine Hände irgendwo gebunden waren.

Von Angst gepackt, holte er tief Luft, aber die Luft erreichte seine Lungen nicht. Stattdessen überkam ihn eine süße Schläfrigkeit, die sich bald in einen tiefen Schlaf verwandelte.

„Fertig", sagte der Anästhesist.

Das Skalpell machte blutige, eingezeichnete Furchen in Sergeant Ayers' Fleisch.

Es waren zwei Stunden schrecklicher Operation, aber am Ende nahm der Chirurg seine Maske ab und lächelte zufrieden.

„Was denkst du, Morrow?", fragte er seinen Assistenten.

"Ich denke, er wird leben", sagte dies.

Als Ayers wieder aufwachte, lag er in einem Krankenhaus in Paris, wo er zwanzig Tage blieb.

Schließlich, eines Morgens, sah ihn der Arzt, der ihn besuchte, lächelnd an.

Okay, Sergeant. Sie sind jetzt außer Gefahr. Jetzt schicken wir Sie zur Genesung woanders hin. So kam er zu Tessy.

Am Stadtrand waren fünf heitere Baracken errichtet worden, in denen sich rund 300 Verwundete erholten, bestens versorgt von Krankenpflegern.

Viele von ihnen waren behindert und andere würden die Gesichter ihrer Lieben nie wieder sehen.

Ayers war es peinlich, nur noch eine gerötete Narbe auf seiner linken Seite zu haben und ihn mit einem Stock stützen zu müssen.

Zunächst durfte er nur das enge Gelände rund um die Kaserne durchwandern.

Nicht, weil sie die Soldaten nicht rausließen, sondern weil es für ihn nicht bequem war, viel zu trainieren, aber nach einigen

Massagesitzungen an seinem Oberschenkel erlaubte ihm der Arzt, zu gehen, obwohl er ihn warnte:

»Gehen Sie nicht zu weit, Sergeant. Die Fraktur ist konsolidiert, sollte aber trotzdem nicht missbraucht werden.

Ayers verließ an diesem Morgen die Kaserne.

Es war der Monat Mai und es war ziemlich heiß. Die Vögel sangen in der Laube und der Krieg war weit weg.

Bruce ging langsam, auf seinen Stock gestützt, und durchtränkte seine Sinne mit den Liedern der Natur, nachdem er sich der Schwärze des Todes gestellt hatte.

Villebaudons Pfad erstreckte sich vor ihm, glatt wie eine Handfläche und im Schatten von Akazien.

Etwa einen halben Kilometer von der Stadt entfernt sah er ein Dach, das leicht aus dem es umgebenden Vegetationsmeer herausragte.

Ayers betrachtete die Aussicht von derselben Stelle, an der er jetzt war, von weniger als einem Dreier, vielleicht von einem Nachkommen des anderen erwachsen.

Seine Zigarette ging aus, und der Oberst zündete sich eine neue an, seinem Gedankengang folgend.

Er erinnerte sich daran, dass er, als er das Haus betrachtete, bemerkte, dass er durstig war und ging darauf zu.

Er war schon auf halbem Weg, als ein Hund aus der Vegetation kam und laut bellend auf ihn zustürmte, gefolgt von einem Mädchen, das ihm laut zuschrie.

Ayers blieb stirnrunzelnd stehen, als er sah, dass der Hund ein riesiger Mastiff war, der sich mit der Geschwindigkeit eines Rennwagens auf ihn zubewegte.

Als er aufblickte, sah er das gerötete Gesicht des Mädchens und hob seinen Stock, um sich zu verteidigen.

Als der Hund ihre entschlossene Haltung bemerkte, blieb er vier Schritte entfernt stehen und zeigte die Zähne, während gleichzeitig ein bedrohliches Geräusch aus seinen klaffenden Kiefern drang.

Es schien Ayers, als würde sie auf ihn zuspringen, und sie trat zwei Schritte zurück und warf den Stock auf den Kopf des Hundes.

Das Tier zuckte zusammen und Ayers fiel nach vorn und spürte einen stechenden Schmerz in seinem verletzten Bein.

Das Mädchen kam gerade rechtzeitig an seine Seite, um zu verhindern, dass sich die Dogge auf ihn stürzte.

„Ruhe“, Nero! Immer noch! Er rief aus.

Mit fester Hand hielt er den Hund am Halsband. Die Kraft des Tieres war enorm und zog das Mädchen trotz ihrer Bemühungen mit.

Endlich gelang es ihr, sich zu behaupten, während Bruce Ayers wieder aufstand und den Hund anstarrte.

Wurde er verletzt? fragte das Mädchen.

Seine Stimme war klar und musikalisch. Ayers hatte genug Französischkenntnisse, um sich mit einigen Schwierigkeiten zu unterhalten, und er antwortete:

„Nein, danke für Ihre Ankunft, Mademoiselle. Sonst, dieser Hund...

„Ich hätte ihm nichts getan“, versicherte sie. Ihm wird beigebracht, Diebe zu fangen. Er schlägt sie zu Boden und legt seine Pfoten darauf, ohne sie zu beißen.

„Danke für die Auszeichnung“, antwortete Ayers trocken.

„Oh, ich wollte dich nicht beleidigen! „Versicherte der kleine Franzose, leicht rot werdend.

Ayers erkannte, dass sie sehr schön war.

Nein, schön, nein. Interessant eher. Das war es.

Ihre Augen waren riesig, blau, von langen Wimpern beschattet, und belebten ein blasses Gesicht, das ein ziemlich längliches Oval voller Lebendigkeit war.

Die Nase war gerade; ihr blondes Haar fiel in einer glitzernden Kaskade über ihre Schultern, die der weite Ausschnitt ihrer Bluse entblößte.

Die Taille war kurz. Die perfekte, schallende Büste bewegte sich immer noch schnell, weil das Mädchen dem Hund hinterherlief.

„Wohnst du dort?“, fragte Ayers.

"Ja" ersetzte er dieses. Willst du kommen? Meine Eltern werden sich sehr freuen, Sie kennenzulernen.

Ayers nickte lächelnd und die beiden gingen auf das Haus zu.

Die rechte Hand des Amerikaners ruhte auf dem zarten und kurzen Arm des Mädchens, das neben ihm ging. Er hatte lange, wohlgeformte Beine und einen kleinen Fuß, bekleidet mit kuriosen Lederslippern.

Neben ihm ging der Hund nach dem ersten Moment der Wut mit gesenktem Kopf.

Auf einem von Hecken gesäumten Weg mit überquellenden Blumen erreichten sie schließlich das Haus.

Es war breit und davor war eine kleine Esplanade, die von einem Spalier bedeckt war, unter dem ein rustikaler Tisch mit Hockern stand.

„Setz dich. Ich werde meinen Vater finden.

Ayers gehorchte und der Hund legte sich zu seinen Füßen auf den Boden.

Die junge Frau kam mit einem Krug Wein und Gläsern zurück, die sie auf den Tisch stellte.

Dann setzte er sich neben Ayers, der sich langsam abwechselte, die Arme auf den Tisch gelegt.

„Bist du Amerikaner?“, fragte sie und starrte ihm in die Augen.

"Ja", antwortete Ayers. Wie heißen Sie?

„Marie... Marie Rimer. Und Sie?

„Bruce Ayers.

"Verletzt?

„Ja. Jetzt erhole ich mich bei Tessy.

"Likes?

„Vieles. Und jetzt noch mehr.

Marie nahm das Kompliment mit einem Lächeln an.

Ayers seufzte tief.

An diesem Ort, in der Mittagsruhe und mit einer solchen Frau an seiner Seite, schien ihm der Krieg etwas Phantastisches und Fernes, das keinen Grund hatte.

Und doch, während er ruhig mit dem hübschen kleinen Franzosen sprach, kämpften, starben und töteten seine Gefährten viele Meilen entfernt.

Über was denkst du nach? Sie hat ihn gefragt.

„Im Krieg. Es ist hasserfüllt.

Marie wollte ihm gerade antworten, als ihre Eltern auftauchten.

Er war ein großer Mann, stark wie eine Eiche, und es wurde nicht verstanden, wie er diese kleine und dünne Frau geheiratet hatte, deren Lebendigkeit am auffälligsten war.

Wollte es nicht, er musste bei ihnen essen bleiben und sie bedienten ihn wie ein König.

Am Ende lehnte er sich zufrieden an die Wand und spürte, wie die Erstarrung seine Augen schloss.

"Ich verstehe nicht, wie man sagt, dass Lebensmittel in Frankreich knapp sind", sagte er. Dies war ein Bankett, das einem König würdig war.

„Das kann leider nicht jeder", antwortete Marcel und rauchte die Zigarette, die Ayers ihm gegeben hatte. Unser Garten ist groß und wir züchten auch einige Tiere. Wir müssen vorsichtig sein. Sie stehlen sie alle von uns. Deshalb haben wir "Neron". Stattdessen Tabak...

Er machte eine Geste, um auszudrücken, dass er nicht genug hatte und Ayers schob ihm den Rest des Pakets zu, fast das gesamte Paket.

Der Nachmittag verging im Flug, und als die Sonne am Horizont unterging, begleitete ihn Marie bis zum Eingang der Stadt.

Viele Soldaten gingen die Straße entlang und mehr als ein bewunderndes Zischen entkam einigen Lippen, als sie das Mädchen sahen. Einer von ihnen rief aus:

„Zum Glück, hm, Sergeant?

„Kann mich nicht beschweren, Junge“, erwiderte Ayers. Marie lächelte. Seine Lippen waren schmal und gut gezeichnet. Ein leichter Hauch Rouge machte sie attraktiver und schimmerte in einem süßen Kontrast zu ihren blauen Augen und blonden Haaren.

Es war fast dunkel, als sie den Eingang zum Lager erreichten.

Ein Baum in der Nähe verlieh ihnen einen dicken Brotstamm, an den sie gelehnt die letzten Minuten dieses unvergesslichen Tages verbringen konnten.

Ein Mondlicht drang durch die Zweige und brach auf das leicht blasse Gesicht des Mädchens.

Ayers sah sie an und spürte, wie sich sein Herzschlag beschleunigte. Sie lächelte einladend.

„Marie“, murmelte der Amerikaner.

Das Lächeln der Französin wurde breiter.

Ayers erkannte, dass es das "Komm her"-Lächeln war und beugte sich leicht über sie, umarmte sie um die Taille, um den Honig auf ihren samtweichen Lippen zu genießen.

Es war ein langer, süßer, berauschender Kuss, ein Kuss, wie ihn nur eine verliebte Französin geben konnte: ein Kuss, der in Sergeant Bruces Seele unauslöschliche Spuren hinterlassen würde.

Marie wurde plötzlich aus seinen Armen gelöst.

„Bis morgen“, sagte er.

Und er lief in die Dunkelheit davon.

Ayers starrte auf die Stelle, wo die Nacht sie schon lange verschluckt hatte.

Dann seufzte er und betrat das Lager und ging zu seiner Schlafkammer, wo er sich auf dem Bett ausstreckte.

Seine Begleiter sahen ihn spöttisch an. Endlich sagte einer von ihnen:

„Hey, kannst du nicht für einen Moment deine Augen von der Decke nehmen und uns sagen, wer dieses wundervolle Mädchen ist, das bei dir war?

Ayers sah ihn lächelnd an.

„Sie ist reizend“, antwortete er.

„Ich zweifle nicht daran, aber sag mir, wo hast du es gefunden? Hast du eine ähnliche Schwester? Wenn ja, könnten Sie mich mitnehmen...

„Lass mich in Ruhe, Moscón.

Am nächsten Tag kehrte er zu Maries Haus zurück.

Gemeinsam stiegen sie zum Fluss Vire hinab, dessen Wasser sanft in Richtung Orne floss.

An der Hüfte verbunden, starrten sie sich an, bevor sie in das lauwarme Wasser versenkten.

Marie war eine versierte Schwimmerin, und Ayers war nicht so schlecht darin, obwohl ihr Bein sie ziemlich störte.

Als sie aus dem Wasser kamen und noch ein paar Tropfen davon auf ihrer Haut klebten, streckten sie sich auf dem Gras aus und ließen die Sonne ihre Körper austrocknen.

Ayers streckte seine Hand aus, um eine der Mädchen zu nehmen und flüsterte ihr ins Ohr:

„Marie, ich liebe dich.

Sie lächelte traurig und sagte:

„Glaub es nicht, Bruce. Es ist im Moment eine Illusion. Wenn du gehst, wirst du mich vergessen.

„Ich werde dich nie vergessen können. Wir werden heiraten, bevor ich gehe, oder ich werde zurückkommen, um dich danach zu finden.

"Bruce...

Maries Lippen waren verlockend. Ayers ließ sich die Einladung nicht entgehen und ihre Münder schlossen sich zu einem langen Kuss.

IV

Es folgten Tage großen Glücks, in denen sie immer zusammen waren und ihre Zuneigung und ihre Jugend genossen.

Marie organisierte einige Ausflüge in die Umgebung und keiner von ihnen erinnerte sich, sie wollten sich nicht erinnern, dass dies irgendwann einmal enden musste.

Tage, Wochen und bis zu zwei Monate vergingen für die beiden Liebenden in schwindelerregender Geschwindigkeit.

Schließlich verkündete Maries Vater eines Tages mit feierlicher Stimme, dass der Krieg zu Ende sei.

„Wer hat es dir erzählt?", fragte Ayers.

„Die Verwundeten, die gestern gekommen sind. Sie sagen, dass die Deutschen im Letzten sind. An den Fronten wird gemunkelt, dass sie einen Waffenstillstand beantragen werden.

Es war so oft dieselbe Geschichte, dachte Ayers.

Aber diesmal lag er falsch. Die Nachricht von einem Waffenstillstand wurde immer dringlicher und endlich wurde das Gerücht in den Zeitungen Wirklichkeit.

Tage später wurde es in Copiegne unterzeichnet.

Die französische Bevölkerung überströmte ihre Freude durch die Straßen und Plätze, in einer Explosion unbändiger Freude am Ende dieses dreijährigen Massakers.

In Tessy wurde es nicht weniger gefeiert als anderswo.

Genesende Soldaten verbrüderten sich mit der Zivilbevölkerung.

Die beiden Liebenden erlebten diese Freudenexplosion mit traurigen Gesichtern.

Schließlich konnten sie es nicht ertragen, sie suchten die Einsamkeit am Ufer des Flusses Vire, am Ufer sitzend.

„Jetzt gehst du, Bruce", sagte Marie und kämpfte mit einer Träne.

„Ja", antwortete er abwesend. Es ist höchstwahrscheinlich; aber ich komme wieder, das versichere ich Ihnen.

Seine Phantasie befand sich jetzt auf der anderen Seite des Atlantiks, an einem Ort in Kansas, wo eine liebevolle Mutter und eine andere Frau, deren Existenz Marie nicht ahnte, auf seine Rückkehr warteten.

Die kleine Französin fing plötzlich an zu weinen. Ayers bewegte sich, zog sie an sich und drückte sie an seine Brust.

„Weine nicht, Marie. Ich werde zurückkommen, um dich zu suchen.

„Komm bald wieder, Bruce. Ich brauche es.

Etwas in ihren Worten zwang den Yankee-Sergeant, sie stirnrunzelnd von seiner Brust zu lösen.

Maries tränenverschleierte Augen waren nicht auf seine gerichtet, sondern auf den Boden gerichtet und wagten nicht, in sein Gesicht zu schauen.

„Was meinst du, Marie? Vielleicht?...

„Ja", murmelte sie mit leiser Stimme.

Bruce war fassungslos. Die Nachricht lähmte für ein paar Sekunden alle Empfindungen und seine Fähigkeit, nachzudenken, und er begann, das Mädchen mit einem neuen Blick zu betrachten.

Marie war schön...

Daran war nicht einmal zu zweifeln, aber sie war doch ein französisches Bauernmädchen.

Wie würden sie sie in ihrem Haus willkommen heißen, wenn er sie heiratete?

Sicher nicht sehr gut. Seine Hochzeit mit Gladys war schon seit vielen Jahren vereinbart und die ganze Stadt wartete auf seine Rückkehr, damit er heiraten würde.

„Ich stecke in großen Schwierigkeiten", dachte er.

Er verließ Marie nicht gern.

Er empfand eine aufrichtige Zuneigung zu ihr, aber von da an bis zur Heirat mit ihr ...

Es war eine Sache, an die er noch nicht einmal gedacht hatte.

Der Blick des Mädchens fiel auf seinen, als wollte er seine Gedanken lesen. Ayers lächelte mit äußerster Lässigkeit und konnte mit einem gewissen Überzeugungsakzent ausrufen:

„Aber Marie... Du hast mich vor Überraschung sprachlos gemacht. Wir bekommen ein Kind! Das ist großartig.

„Ja, aber du wirst gehen", antwortete sie und betrachtete die Dinge von der praktischen Seite.

"Ich bin gleich wieder da. Morgen werde ich mich gut informieren...

„Über was? „Sie hat ihn unterbrochen." Bruce, bleib in Frankreich. Du hast versprochen, mich zu heiraten ...

Verwundert kratzte er sich am Kopf.

"Ja...", antwortete er widerstrebend. Ich weiß es schon. Und das werde ich, Marie. Zögere nicht. Aber wie Sie verstehen werden, muss ich in meine Heimat zurückkehren, dort viele Dinge reparieren, die ... naja. Ich schwöre, ich komme gleich wieder.

Marie war zufrieden. Welches Mittel hatte er noch?

Und eines guten Tages, eines schlechten Tages, oder besser gesagt, mit Tränen in den Augen sah er, wie die Kaserne aufstieg und die Rekonvaleszenten ein paar Lastwagen aufstellten, die sie nach Le Havre bringen sollten, um in die Vereinigten Staaten einzuschiffen.

Ihr Vater war neben ihr, ohne sich des Dramas bewusst zu sein, das seine Tochter durchlebte.

Das Herz des Mädchens klopfte bitterlich und dachte, Bruce würde nie wiederkommen, aber sie wagte es nicht, es dem Amerikaner zu sagen.

Schließlich war er an der Reihe, auf einen der Lastwagen zu steigen.

„Tschüss, Marie", sagte er heiser und drehte sich zu ihr um. Ich werde zurück sein, sobald ich kann.

Er hielt sie fest in seinen Armen, hatte Mitleid mit ihr, mitgerissen von den Emotionen des Augenblicks.

Marie blieb in Frankreich und trug in ihrem Leib ein Kind, das ihnen beiden gehörte.

Ayers gelobte im Geiste, seine Verpflichtung gegenüber Gladys zu brechen und nach Frankreich zurückzukehren, um als Mann die Frau zu erfüllen, die es geschafft hatte, die Tage der Hoffnungslosigkeit und Langeweile, die am Horizont seines Genesungslebens angekündigt wurden, klar und hell zu machen.

Dann schüttelte er seinem Vater fest die Hand, küsste seine Mutter auf die Stirn und stieg in den Lastwagen.

Die letzte Vision, die er von Marie hatte, war ein von Tränen verschönertes Gesicht und ihr Körper, der bald seine Schlankheit verlieren würde.

Als sich der Truck auf der Straße verirrte, kehrte Marie nach Hause zurück, ihr Herz packte das düstere Gefühl, Bruce Ayers nie wiederzusehen.

Über zwanzig Jahre lang ließ das Schicksal seine dunklen Vorahnungen wahr werden, aber plötzlich schien es seine Meinung zu ändern und zu bestimmen, dass die beiden sich wiedersehen würden.

Ayers warf seufzend seine Zigarette weg und ging auf das Haus zu.

Einen Moment lang blieb er unschlüssig am Eingang des Weges stehen.

Eine weibliche Gestalt näherte sich ihm, und auf den ersten Blick glaubte er, es sei Marie.

Bald war er jedoch überzeugt, dass er falsch lag.

Die ihm entgegengesetzte Frau war eine ihm unbekannte alte Frau, die ihn im Vorbeigehen neugierig ansah.

Er traf niemanden, bis er das Haus erreichte. Die Landschaft hatte einige Veränderungen erfahren, blieb aber im Wesentlichen die gleiche wie vor vierundzwanzig Jahren.

Ayers sah sich um. Eine Stimme, die hinter ihm widerhallte, riss ihn aus seinen Überlegungen:

Suchen Sie jemanden?

Der Oberst drehte sich um. Eingerahmt von der Tür sah ihn ein Mann in einem bestimmten Alter neugierig an.

"Ja", antwortete der Yankee. An eine Frau namens Marie.

„Marie?“, fragte der andere.“ Ich weiß nicht, wer er ist... Hier wohnt niemand, der so genannt wird.

Ich nicht, sagte Ayers.“ Sie lebte hier... vor vierundzwanzig Jahren.

Sein Gesprächspartner schüttelte mitfühlend den Kopf.

„Ah!“, antwortete er.“ Es muss Marcels Tochter sein, oder?

"Genau. Was ist von dieser Familie?", fragte Ayers ängstlich.

"Marcel ist gestorben", antwortete der Mann. Und seine Frau auch.

„Und Marie?

„Er hat gut geheiratet.

„Wollen Sie damit sagen... Sie haben geheiratet?

"Ja. Er hatte ein Mädchen ... oder vielleicht war es ein Junge. Ich bin mir nicht ganz sicher. Es heißt, er war der Sohn eines Amerikaners, der in Tessy war, um sich während des anderen Krieges von seinen Verletzungen zu erholen", fügte der Bauer hinzu. Nun, Tatsache ist, dass ein Mann aufgetaucht ist, dem das egal war.

"Wissen Sie wo es ist?

„Nicht. Sie hat den Hof an einen Mann verkauft, von dem ich ihn sechs Jahre später gekauft habe. Ich kannte Marie nicht, aber ich finde sie sehr schön.

„Ja, war es“, erwiderte Ayers nachdenklich und der Mann sah ihn erstaunt an.

„Kennst du sie?“, fragte er fasziniert.

Ayers befriedigte seine Neugier nicht.

Stattdessen verabschiedete er sich mit einem eher trockenen Guten Morgen von dem Mann und ging den Weg entlang, gefolgt von den Blicken des anderen.

Ayers ging in Gedanken versunken auf Tessy zu.

Marie hatte geheiratet.

Er war froh, dass das Mädchen neben einer anderen, die viel männlicher war als er, ihr Glück gefunden hatte, indem sie den Schaden reparierte, den ein gewisser Ayers, ein Sergeant der amerikanischen Armee, angerichtet hatte. Aber... hatte er sie wirklich gefunden?

Jedenfalls hatte der Himmel Marie diese Wiedergutmachung gewährt.

„Himmel, nicht du", sagte eine innere Stimme." Du warst ein Feigling.

Ja. Er war ein Feigling, der es nicht wagte, mit der Vergangenheit, mit Gladys, mit allen zu brechen und nach Frankreich zurückzukehren, wo Marie hoffnungslos auf ihn wartete, mit einem Baby im Arm.

Vielleicht trug das wenig oder gar kein Glück, das er bei Gladys Vernon gefunden hatte, dazu bei oder vielleicht auch die Tatsache, dass sie ihm keine Kinder geschenkt hatte, was ihn noch mehr nach Marie sehnte.

Was hätte ich gehabt? Junge oder Mädchen?

Was auch immer es war, er war begierig darauf, die Früchte seiner Liebe zu der Französin und sogar zu ihr zu sehen.

Nun, da Gladys gestorben war, konnte sie ihre Schuld sühnen, wenn sie nicht geheiratet hätte, aber da dies wegen Maries Ehe unmöglich war, sehnte sie sich inbrünstig, ihren Sohn wenigstens zu sehen.

Es war ganz in der Nähe der Stadt, wo die Animation zunahm.

Von außerhalb kamen ein paar vereinzelte Schüsse. Ayers sah auf die Uhr. Es war sieben Uhr morgens, eine Stunde später sollte die zweite Phase der Offensive beginnen.

Über seinem Kopf drang ein unheimliches Grollen vom Himmel herab.

Der Colonel blieb stehen und richtete seinen Blick auf die metallischen Vögel, die aus dem Norden kamen und seine Bombenbotschaft trugen.

Sie waren unzählbar und rückten majestätisch vor, geschützt von den Kämpfern.

„Sie waren pünktlich“, sagte er sich.

Die Präsenz der alliierten Luftfahrt, die den Himmel bedeckte, ließ ihn schneller auf Tessy zu.

Der Lärm der Flugzeuge hat die Soldaten gerade geweckt.

Sie überquerten die Stadt zu ihren Zielen jenseits des Vire-Flusses und überquerten sie gerade, unzählige graue Blumen öffneten sich um sie herum in Granatsplittern und zeigten, dass die Deutschen sich immer noch mit Zähnen und Nägeln verteidigten.

Kurz darauf wurde der Angriffsbefehl in der Stadt gegeben.

Lieutenant Roy de Ruse versuchte vergeblich, Ayers davon zu überzeugen, ihn am Kopf seiner Sektion über den Fluss zu lassen.

Es gab keine Möglichkeit, es zu erreichen, und er blieb in Tessy, während die Panzer am Ufer des Vire Stellungen bildeten.

Um acht Uhr morgens begann die Zerschlagung der deutschen Stellungen am anderen Ufer. Hunderte Kanonen aller Kaliber spuckten dann auf die Stellungen, die die Deutschen in Eile errichtet hatten.

Unter seiner Deckung drang ein Teil amphibischer Panzer in den Fluss ein.

Er war etwa hundert Meter breit und seine Strömung war gering, so dass sich an vielen Stellen in Ufernähe Stauwasser bildeten, in denen sich Algen und Schlick ansammelten.

Als die mit Männern beladenen Panzer und Amphibienfahrzeuge die Vire überquerten, bewegte die Artillerie ihre Schüsse vom Ufer weg, und dies war der Moment, den die Deutschen nutzten, um den Angriff abzuwehren.

Plötzlich fiel ein wahrer Regen von Handgranaten und Mörser auf das stille Wasser des Flusses.

Die Panzer des 6. Regiments, die in einer Reihe am anderen Ufer stationiert waren, begannen ihre Kanonen auf jeden Bewegungspunkt abzufeuern, den sie wahrnahmen, und so konnten die Fahrzeuge das gegenüberliegende Ufer erreichen.

Sofort stiegen die Infanteristen von ihnen ab und positionierten ihre automatischen Waffen.

Das deutsche Feuer richtete sich nun gegen sie, aber neue Fahrzeuge entluden über die gesamte Länge des Flusses in einer Front von vier Kilometern unaufhörlich auf der anderen Seite Männer und Material, die nach und nach die Lücke zu den Flanken hin erweiterten .

Pioniere bauten eine Barkassenbrücke, über die die Panzer gefährdet wurden, aber kaum ein Dutzend von ihnen hatte das gegenüberliegende Ufer erreicht, als die 116. Panzerdivision am Tatort eintraf.

Ohne die Luftfahrt hätten die Yankees kopfüber ins Wasser springen müssen.

Die schnellen Jäger trafen wie Wespenschwärme ein, entwickelten sich mit unglaublicher Geschwindigkeit, um sich den Panzern anzuschließen, stürzten sich auf sie und feuerten ihre furchterregenden Raketen ab.

Viele der Autos wurden zerstört. Andere zögerten einen Moment und der Rest rückte weiter in Richtung des Flusses vor, um die Infanterie zu schützen.

Panzerabwehrkanonen, "Bazookas", Handgranaten und Mörser wurden zur Abwehr dieser Lawine eingesetzt, während Ayers seinen Männern befahl, sich so schnell wie möglich zu entwickeln.

Der Kampf wurde allgemein.

Die Yankees waren nicht in der Lage, einen Schritt weiter vorzudringen, da sie durch heftigen deutschen Widerstand auf einen schmalen Landstreifen reduziert wurden.

Aber sie schienen an das Land gebunden zu sein, ohne auch nur ein Jota davon zu geben, und warteten auf den Ausgang der Panzerschlacht, die direkt hinter dem Fluss stattfand.

Langsam erlangten die Amerikaner dank der Autos, die ständig auf den darüber gebauten Brücken den Vire überquerten, eine zahlenmäßige Überlegenheit gegenüber dem Feind.

Die "Tigers" der Panzerdivision verteidigten sich jedoch gut und gaben den Truppen von Ayers eine Arbeit wie nie zuvor.

Plötzlich begannen die Deutschen, sich mit großer Geschwindigkeit nach Süden zurückzuziehen, der Linie des Flusses folgend.

Vom Turm seines schweren Panzers aus verfolgte Ayers seine Bewegung mit den Feldzwillingen

„Ich weiß nicht, was los ist“, sagte er zu seiner Assistentin. Der Punkt ist, dass sie den Kampf aufgeben.

Er erklärte bald. Dafür war das Radio zuständig.

Die Truppen des Kampfkommandos A, die flussabwärts der Vire zwischen Le Mesnil Herman und Le Mesnil Opac operierten, waren bei der Überquerung des Flusses auf weniger Widerstand gestoßen.

Sie rückten nun entlang seines rechten Ufers vor und machten eine Umfassungsbewegung, um die vom Panzerregiment und den begleitenden Truppen am Boden fixierten deutschen Truppen einzukreisen.

Ayers sah sofort den Erfolg, den er erzielen konnte, wenn es ihm gelang, den deutschen Rückzug auszunutzen.

„Verfolgung! Er befahl kurz.

Das Regiment bildete einen Halbkreis, und alle unbeschädigten Streitwagen rasten hinter den deutschen Soldaten, die in völliger Unordnung kämpften, nach Hause.

40 Panzer des 116. Panzers versuchten, den Rückzug zu ordnen, wurden aber von der Überzahl alliierter Panzer zerquetscht.

Die Deutschen, die die Hoffnung verloren hatten, die Hilfe der Luftfahrt erhalten zu können, zogen sich wegen der absoluten Herrschaft des Himmels, die die Alliierten ausübte, schnell nach Osten zurück, um neue Positionen zu suchen.

Die gesamte 2. Panzerdivision stürzte hinter ihnen her und überließ die Räumung der Infanterie.

Viele deutsche Gruppen flüchteten, wenn sie getroffen wurden, hinter Mauern und Hecken und organisierten kleine Widerstandsgruppen, die den Panzern viel zu tun gaben.

Ayers' Befehl war, schnell vorzurücken, sogar die sich zurückziehenden deutschen Einheiten zu überholen, und er tat dies, indem er die Straßen, die nach Falaise und Argentan führten, als Marschachsen nahm.

Die offene Lücke war etwa zwei Meilen breit, und Autos wurden in einer unkontrollierbaren Flut hindurchgeschleudert.

In der Ferne waren die Häuser einer Kleinstadt zu sehen.

Ayers brachte seinen Panzer am Straßenrand zum Stehen, und die verbliebenen Wagen, von ihrem Oberst angetrieben, begannen vorbeizufahren.

Dann befahl er dem Fahrer, über eine Nebenstraße auf die andere Fahrtachse zu fahren.

Vier weitere Panzer begleiteten ihn.

Nicht das geringste Lebenszeichen war in ihm wahrnehmbar. Anscheinend ergaben sich die Deutschen dem Beweis, dass sie nichts gegen diese Stahlmasse tun konnten.

Neben der Straße erhob sich ein kleiner Pappelhain, zwischen denen ein schmaler Bach floss.

Die fünf Panzer marschierten mit guter Geschwindigkeit und suchten die Felder in alle Richtungen ab.

Plötzlich krachte ein Projektil in einen von ihnen.

Das Ungeheuer stoppte, tödlich verwundet, sofort brach eine Feuerzunge aus dem Motor.

Seine Insassen stürzten sich heraus, aber nicht alle schafften es, zu Boden zu springen, bevor die Artilleriegranaten darin explodierten.

Sie hatten sich noch immer nicht von ihrer Überraschung erholt, als ein neuer Knall durch die Pappeln drang und eine Sekunde später einen weiteren Panzer von dem Schuss abgeschnitten sah.

Es bestand kein Zweifel, dass die Panzerabwehr mit einem erfahrenen Kanonier besetzt war.

Die drei verbleibenden Panzer wurden verstreut.

Die Besatzung der beiden Verwüsteten versuchte, hinter ihnen Zuflucht zu suchen, aber zwei Maschinengewehre schlugen in die Allee ein, trafen sie und verhinderten, dass sie ihr Objekt erhielten.

Ayers runzelte die Stirn. Das Einkaufszentrum schien zu groß und zu dick, um einen Angriff zu riskieren.

Andererseits war die Panzerabwehr gut versteckt, während sie drei fantastische Ziele darstellte.

Diesmal konnte die Rüstung trotz ihrer Macht wenig gegen den Feind ausrichten, der sich hinter dem Hain versteckte.

Ayers knirschte wütend mit den Zähnen und befahl zurück.

Sie taten dies und feuerten Kanonen nach Kanonen gegen die Allee, ohne zu bemerken, dass die Gefahr nicht nur dort bestand, weil die Sicht aus dem Inneren der Fahrzeuge schlecht war.

Plötzlich wurde ein dritter Panzer getroffen, diesmal jedoch seitlich und nicht von Schüssen aus der Allee, sondern von einer Gruppe von Soldaten, die mit einer "Bazooka" ausgestattet waren und einen von einer Fliegerbombe erzeugten Trichter besetzten.

Ayers' Panzer stürzte auf sie zu und feuerte seine Kanonen und Maschinengewehre ab. Der Diener der Panzerfaust fiel mit einer Brustwunde zu Boden, aber ein anderer nahm seinen Platz ein und schleuderte drei Projektile auf den stählernen Koloss.

Ayers spürte plötzlich, wie eine Art Vorschlaghammer die Panzerung traf, und der Panzer kam zum Stehen.

Sein Assistent öffnete die Tür zur schmalen Fahrerkabine und vergewisserte sich, dass er tot war.

Die Panzerung war durch den Aufprall zusammengebrochen und hatte die Brust des unglücklichen Soldaten und die wichtigsten Triebwerksteile zerquetscht.

„Wir sind klar", murmelte Ayers.

Ihre Panzer paradierten auf zwei Straßen vor ihnen, aber die Entfernung war groß, und dies zusammen mit dem Dröhnen der Motoren verhinderte, dass sie merkten, was geschah.

Ein zweiter Aufprall traf die Panzerung und riss ein Loch durch sie.

„Draußen! Ayers hat bestellt.

"Sie werden uns erschießen", antwortete sein Assistent.

„Hier sind wir gut gejagt.

Er war der erste, der aus dem Panzer sprang und versuchte, sich mit dem Turm zu schützen.

Ein Schwall von Projektilen verfolgte ihn, als er auf die Nordseite des Streitwagens zusprang.

Der andere Panzer kam ihm zu Hilfe, schützte sich mit dem behinderten Auto vor der "Bazooka" und so konnten sich vier Diener des Fahrzeugs mit Ayers treffen.

"Zurück! Habe das hier bestellt.

Der Panzer fing langsam an, die vier Männer zu schützen.

Die Deutschen waren nicht entschlossen, die Beute entkommen zu lassen, sprangen aus dem Trichter und krachten zu Boden.

Andere Soldaten verließen die Allee und gingen auf die Panzer zu, wobei sie genügend Abstand zwischen ihnen ließen, damit die Panzerabwehrkanone weiter feuern konnte.

Die Entfernung war zu groß, um sie zu treffen, aber die Projektile explodierten auf beiden Seiten des sich zurückziehenden Streitwagens und gefährdeten das Leben der Männer, die er beschützte.

„Fliehen! rief Ayers.

Die Insassen des Fahrzeugs gehorchten ihm diesmal nicht.

Der Durchgang der Männer zwang sie zu einem langsamen und gefährlichen Marsch, aber sie blieben fest auf dem Boden und schützten ihren Anführer und die Männer, die ihn begleiteten.

Mehrere Deutsche fielen zu Boden, um nicht wieder aufzustehen, getroffen von den beiden Maschinengewehren des Panzers, aber die anderen schafften es, die Luft zu entleeren und umzingelten ihn.

Eine Wolke von Handbomben fiel auf das Gerät.

Ein halbes Dutzend davon explodierte unter ihm, brach die Kette und beschädigte den Motor.

Seine Insassen versuchten noch immer vergeblich, sich zu verteidigen.

Ayers, die Pistole in der Hand, bereit, den deutschen Angriff abzuwehren und sein Leben teuer zu verkaufen.

Eine Granate, die ganz in seiner Nähe explodierte und die unmittelbare Luft schwindelerregend verdrängte, warf ihn zurück.

Sein Kopf kollidierte mit der Panzerung des Panzers und er spürte, wie er in einem bodenlosen Abgrund versank.

Alle seine Bemühungen, aufzustehen, waren nutzlos.

Seine Knie gaben nach und er fiel flach auf den Boden.

Die letzte Vision, die er von dem Kampf hatte, waren die Soldaten unter seinem Kommando, die am Leben blieben, ihre Waffen niederwarfen und ihre Arme in den Himmel hoben.

Ein Maschinengewehr krachte, und die Kugeln schlugen scharf gegen Stahl und durchbohrten die Leichen derer, die um Gnade gebeten hatten, ohne sie zu erhalten.

V

Als er wieder zu sich kam, war es bereits Nacht und seine Augen brauchten lange, um sich an die Dunkelheit zu gewöhnen.

Endlich bemerkte er, dass er auf dem Boden lag, inmitten einer Baumgruppe, deren Äste ihn daran hinderten, das Mondlicht zu sehen.

Jemand bewegte sich um ihn herum und Ayers hörte einige Worte mit leiser Stimme.

Vergeblich versuchte er, sich an das Geschehene zu erinnern.

Sein Gehirn weigerte sich, ihm zu gehorchen, vielleicht wegen der schrecklichen Kopfschmerzen, die er verspürte, und er wand sich unruhig.

Der Soldat, der reglos neben ihm am Boden lag und seine Bewegungen beobachtete, sagte:

„Mein Leutnant. Der Gefangene ist erwacht.

Ayers versteifte sich bei den Worten, die auf Deutsch gesprochen wurden.

Er beherrschte diese Sprache gut, und es schien ihm, als hätte er sein Todesurteil gehört.

Dann ging ihm, wie bei einer Filmprojektion, alles, was geschah, in einer flüchtigen Sekunde durchs Gedächtnis.

Ein Mann kam auf ihn zu und kauerte sich neben ihn. Ayers bemühte sich, einen Blick auf ihr Gesicht zu erhaschen, konnte es aber nicht.

„Sprechen Sie Deutsch?" fragte er.

"Ja", antwortete der Amerikaner.

„Sie sind unser Gefangener. Wie geht es dir?

„Ziemlich gut. Was ist mit meinen Männern passiert?

„Sie sind alle gestorben", antwortete der Offizier knapp. Wir dachten, du wärst auch gestorben, aber du hattest das Glück, diesem zu entkommen.

Glück! Ayers dachte, es wäre besser für ihn gewesen, zusammen mit seinen Soldaten zu sterben, sagte aber nichts.

Der Offizier sprach noch einmal:

„Sie sind ein Oberst, nicht wahr?

Ayers bejahte dies und dachte, es sei sinnlos, dies zu leugnen.

"Ich wünsche Ihnen ein paar Informationen", fügte der deutsche Offizier hinzu.

Er sprach mit leiser Stimme und seine Stimme war kultiviert und höflich. Es schien dem Amerikaner, als erlebe er etwas Unwirkliches. Langsam stand er auf und setzte sich auf den Boden.

„Erwarte es nicht von mir“, antwortete er.

„Hör zu“, fuhr sein Gesprächspartner fort. Ich werde Sie nicht nach der Bedeutung der Truppen im Kampf oder nach dem Namen der Divisionen fragen, die uns angreifen. Das alles wirst du an anderer Stelle sagen, wenn wir hier gut rauskommen, was ich bezweifle. Ich möchte nur wissen, was Ihre Routen des Vormarsches sind. Wir sind hundert gut bewaffnete Männer. Ich habe ein paar Patrouillen nach Süden geschickt und sie werden bald zurück sein. Dann legen wir los, aber ich möchte wissen, wie groß der Abstand ist.

„Ungefähr zwei Meilen“, antwortete Ayers.

„Danke“, antwortete der Deutsche. Colonel Ayers " fuhr fort, und der Amerikaner merkte, dass sie ihn durchsucht hatten", ich verhehle nicht, dass wir in einem schlechten Schritt sind, aber wir werden versuchen, an unsere Linien zu kommen. Ich weiß nicht einmal, wo Sie sind, aber ich weiß, dass Sie sich noch nicht die Mühe gemacht haben, die Kluft zu vergrößern. Ich glaube, ich laufe nach Süden...

„Du hast keine Chance zu entkommen“, unterbrach ihn Ayers. Sie geben besser auf.

"Schlimmer für Sie, wenn ich nicht kann", antwortete der Offizier grimmig. Aufgeben ist das Letzte, was ich vorhabe.

Ayers wog die Situation ab. Hundert Deutsche versteckten sich in dieser Allee, die ihre Panzer zurückgelassen hatten, und wollten versuchen, sich ihren Gefährten anzuschließen, indem sie nach Süden gingen.

Die Idee war nicht schlecht und deutete darauf hin, dass der deutsche Offizier Verstand hatte, da das Alliierte Kommando über den Moment besorgt war, in Richtung Osten vorzurücken und dann seine Einheiten in Richtung Meer zu drehen, um den Feind zu erobern.

In diesem Moment riss ihn die Ankunft mehrerer Soldaten aus seinen Gedanken.

Einer der Neuankömmlinge teilte dem Offizier mit, dass die Straße nach Süden frei sei. Der Offizier beugte sich wieder über seinen Gefangenen.

„Colonel Ayers", sagte er, „ich werde Ihnen nicht die Hände binden, wenn Sie mir ein Wort geben, nicht zu fliehen. Wir werden in ein paar Minuten loslegen.

„Ich kann es dir nicht geben. Ich warne Sie getreulich, dass ich mich bemühen werde zu fliehen, sobald sich die Gelegenheit bietet.

„Das wird mich zwingen, hart zu dir zu sein.

Die Soldaten bereiteten sich auf den Marsch vor.

Die Panzerabwehrkanone, die ihnen so gute Dienste geleistet hatte, blieb in den Bäumen liegen. Stattdessen luden sie den Rest der Ausrüstung auf, einschließlich der Panzerfaust.

Ayers spürte, wie jemand ein Seil fest um sein rechtes Handgelenk band.

„Befestige es an deinem Gürtel", befahl der Offizier. Wurden Sie gut durchsucht?

„Ja, mein Leutnant. Er hat keine scharfen Waffen bei sich.

Ayers konnte das Gesicht des Mannes, mit dem er verbunden war, nicht erkennen, aber er erhaschte einen Blick auf die Konturen seines Körpers und er wirkte groß und stämmig.

"Unterwegs" befahl der Offizier.

Die Soldaten verließen den Pappelhain wie eine Prozession gespenstischer Gestalten und rückten nach Süden vor.

Ein Dutzend von ihnen ging voran, in einer Reihe durch die in die Dunkelheit getauchten Felder versetzt, ihre Gewehre einsatzbereit.

Der Befehl lautete, so weit wie möglich jeden Lärm zu vermeiden, der ihre Anwesenheit anzeigen könnte.

Der deutsche Offizier musste die Kunst der Kriegsführung im Dunkeln genau kennen.

Er hatte die Kolonne in Gruppen eingeteilt, die in Etappen vorrückten.

Der erste, bestehend aus einem Dutzend Spähern, würde in einiger Entfernung vom zweiten eintreffen, wo er anhalten und die Umgebung beobachten würde.

Erst dann warnte ein Link die zweite Gruppe, damit sie den Vormarsch fortsetzen und den Platz einnehmen konnte, den die vorherige verlassen hatte.

Auf diese Weise verlief der Marsch langsam, aber sicher, und sie liefen nicht Gefahr, massenhaft überwältigt zu werden.

Ayers fragte einmal den Deutschen an seinem Gürtel, wie spät es sei.

"Zwei Uhr morgens" antwortete der Deutsche. Der Colonel dachte sehnsüchtig an Tessy und Lieutenant Roy, die sich in der Stadt ausruhen würden.

Dann versuchte er sich vorzustellen, welche Aufregung sein unerwartetes Verschwinden bei seinen Männern auslösen würde.

Zwei- oder dreimal überprüfte der Deutsche wortlos die Knoten des Seils, und eine Stunde später stand er dem Amerikaner gegenüber.

„Ich denke, die Gefahr ist vorüber“, sagte er. Wir sind ein paar Kilometer gefahren und befanden uns in der Mitte der Lücke.

Aber für alle Fälle rückten sie wie zuvor sprunghaft vor und gaben Ayers Gelegenheit, die Disziplin der deutschen Soldaten genau zu überprüfen.

Kein einziger von ihnen dachte auch nur daran zu desertieren, auch wenn er wusste, dass sie besiegt waren.

Es wäre leicht für sie gewesen, sich von der Kolonne zu lösen, die Dunkelheit, die sie umgab, auszunutzen und auf dem Feld zu bleiben, ruhig im Gras zu liegen, um die Ankunft des nächsten Tages abzuwarten, wenn sie von den Alliierten gefangen genommen würden Truppen.

Schließlich entschied der Offizier, da die Gefahr vorüber war, dass sie in einer Kolonne vorrücken sollten und taten dies für eine weitere Stunde, an deren Ende er befahl:

„Hoch! Wir werden hier bis zum Tageslicht campen.

Ayers verstand, warum.

Der deutsche Soldat wollte nicht, dass seine eigenen Kameraden sie für eine alliierte Patrouille halten und erschießen.

Sie legten sich alle auf den Boden, müde, aber zufrieden, der Gefahr entkommen zu sein.

Sicherlich tobten einige von ihnen, eine Zigarette zu rauchen, aber keiner tat es.

Sobald im Osten das Licht der Morgendämmerung auftauchte, erhob sich der Offizier.

Das Gelände vor ihnen war glatt wie der Handrücken.

In der Ferne stiegen einige Rauchsäulen auf, die die Lage einer Stadt markierten, und der Leutnant befahl einer Patrouille, sich ihm zu nähern, um zu untersuchen, in welchen Händen er sich befand.

Die Patrouille kehrte nicht lange zurück, aber nicht allein, sondern begleitet von vielen deutschen Soldaten, die noch nicht in den Kampf eingetreten waren und deren Aufgabe es war, eine Erweiterung der Kluft nach Süden zu verhindern.

Bald darauf begannen sie alle zusammen den Marsch in Richtung der Stadt. Ayers war an der Spitze, zwischen zwei Offizieren, die sich angeregt unterhielten.

„Welche Stadt ist das? fragte er den, der ihn erwischt hatte.

"Dumont-sur-Vire", antwortete der andere.

Ayers' Herz machte einen Sprung bei seinem Klang. Der Vire-Fluss bog nach Osten ab, südlich von Tessy, aber wenn er entkommen konnte, musste er nur dem Flussufer folgen, um an diesen Punkt zu gelangen.

Es war eine Ironie, dass seine Gefährten viele Meilen östlich in voller Freiheit waren, während er als Gefangener zurückgelassen worden war.

Alles wurde erklärt, weil es den Alliierten nur darum ging, tiefe Keile in das deutsche Abwehrgerät zu treiben, damit sie das Gelände in der Tiefe, aber nicht in der Breite dominierten.

Sie konnten sich dies leisten, weil die Deutschen nicht über genügend Truppen verfügten, um die Flankenkeile zu kontern und die vorrückenden Kräfte in den Taschen zu lassen.

In gewisser Weise waren sie Opfer derselben Taktik, die sie gegen die Russen anwandten.

Eine halbe Stunde später betraten sie die Stadt.

Die Umgebung von Dumont wimmelte von Soldaten, Panzern und Artillerie, perfekt getarnt, um den Angriffen der alliierten Luftfahrt zu entgehen.

"Ich kann nicht verstehen, wie sie den Flankenkeil nicht angreifen", sagte sich Ayers. Sie müssen desorientiert sein.

Zahlreiche Landsleute wanderten durch die Straßen von Dumont und starrten die Deutschen mit wenig Freundschaft an.

In ihren Augen leuchtete die Hoffnung, dass sie bald gehen würden, aber sie wagten es nicht, es auszudrücken.

Als die Prozession mit Ayers zwischen den beiden Offizieren durch die Straßen der Stadt zog, wandte die Zivilbevölkerung den Kopf und fragte sich, wer dieser Offizier war, der in die Hände der Deutschen gefallen war.

Schneller als die Kolonne verbreitete sich die Nachricht von Mund zu Mund, so dass, als sie die Plaza del Ayuntamiento erreichte, in deren

Gebäude die "Komandatur" installiert war, sich eine große Menschenmenge hineindrängte und den Amerikaner eifrig anstarrte.

Ayers verdrehte gelassen die Augen.

Seine große Statur dominierte die meisten Anwesenden. Mehr als eine Frau lächelte ihn schüchtern an, als wollte sie ihn ermutigen.

Der Platz von Dumont-sur-Vire glich dem von unzähligen französischen Dörfern, die er kannte.

Es hatte in der Mitte den unvermeidlichen steinernen Beckenbrunnen, das Rathaus auf der einen Seite, die Kirche auf der anderen und die beiden übrigen Seiten bestanden aus Häusern mit durchgehenden Holzbalkonen im reinsten normannischen Stil.

Ayers' Blick blieb auf einem von ihnen hängen.

Eine Frau stand da und starrte ihn an, als wollte sie nicht glauben, was sie sah.

Eine Frau mit verdorrtem Gesicht, deren Augen aber die Schönheit verkündeten, die sie in einer anderen Zeit besessen haben musste.

Das Herz des Amerikaners machte einen Schlag.

Viele Jahre waren vergangen, aber entweder hatte er sich sehr geirrt, oder diese Frau war Marie.

Er wollte sie anschreien oder ihr ein Zeichen geben, aber in diesem Moment verschwand die Frau vom Balkon und er befand sich mit einem von Zweifeln zerfressenen Herzen im Flur des Rathausgebäudes.

„Könnte es Marie sein? "fragte er sich". Hat er mich erkannt?

Das Schicksal hatte diese grausamen Launen.

Er hatte erwartet, sie mitten im Triumph zu finden.

Und siehe da, als wäre es eine Strafe für seine Verlassenheit vor zwanzig Jahren, als er sie wiedersah, war er ein trauriger und einsamer Gefangener, der nicht mit ihr sprechen konnte, genau wie am anderen Ende der Welt.

***

Hinter dem Balkonglas starrte Marie Ayers' Gestalt an, bis sie sich im Flur verirrte.

Dann ließ sie sich auf das Bett fallen, auf der Kante sitzend, den Blick auf einen Punkt an der Wand gerichtet, der nicht einmal sichtbar war.

„Er ist es, mein Gott! "Er murmelte." Ist er!

Der Zufall hat die beiden nach so langer Trennung in einer französischen Kleinstadt wieder zusammengebracht.

Maries Gesicht behielt trotz ihres Alters Züge von unbestreitbarer Schönheit.

Sie war in strenge schwarze Gewänder gekleidet, die sie älter aussehen ließen, als sie war, und ihr an den Schläfen weißes Haar verkündete die Leiden, die sie erlitten hatte.

Der Ansturm des Lebens hatte ihre Stimmung gemildert, und sie begann sich zu fragen, ob Ayers' Anwesenheit in Dumont-sur-Vire ihr Leben überhaupt ändern würde.

„Nein“, murmelte er energisch. Ich werde dir nicht einmal erlauben, meine Tochter zu sehen.

„Deine Tochter gehört auch ihm“, antwortete eine innere Stimme.

„Er weiß nicht einmal, dass er überhaupt existiert“, hörte er sein Gewissen wieder. Morgen werde ich hier weggehen bis ... Bis was, mein Gott?

Einige Minuten lang kämpfte die Frau heftig mit sich selbst.

Auf der einen Seite kämpfte der Hass gegen Ayers, gegen den Mann, der sie verlassen hatte; auf der anderen der Gedanke, dass er der Vater ihrer Tochter war und der traurige Zustand, in dem er sich befand.

Vielleicht kann ich etwas für ihn tun, sagte er sich, aber warum sollte ich? Hatte er Mitleid mit mir, als er mich mit dem Mädchen zurückließ ...?

Am Ende gewannen ihr gütiges Herz und ihr Instinkt als Frau den Kampf.

„Ich werde dir helfen, so gut ich kann", sagte er, „aber er wird Ivette nicht sehen.

Aber er bezweifelte auch, dass er in der Lage sein würde, diese letzte Position zu halten, wenn es ihm gelang, Ayers zu sehen, und Ayers bat ihn, ihn das Mädchen sehen zu lassen.

Sie hatte ihn so sehr geliebt, dass, obwohl sie geheiratet hatte, in ihrem Herzen immer eine kleine Flamme entzündet worden war, die diesem Mann gewidmet war.

Bei der Erinnerung an diese glücklichen Jahre erschien auf den Lippen der Frau ein leichtes Lächeln, das ihre Züge milderte.

Schließlich hat er Ivette bei mir gelassen, sagte er sich. Was wäre mir ohne sie passiert?

Das Mädchen war der Trost seines Lebens gewesen.

Ivette war fröhlich und zufrieden aufgewachsen und hatte alles ignoriert.

Für sie war ihr Vater Louis Beltrand, der fünf Jahre zuvor gestorben war, als sie siebzehn Jahre alt war, und kein Amerikaner namens Bruce Ayers, von dem sie noch nie gehört hatte.

„Er darf nichts wissen", murmelte Marie. Wenn ich dich sehen kann, werde ich dich warnen, dir nichts zu sagen.

Sie hatte ein gewisses Übergewicht in der Stadt wegen des von ihrem Mann geerbten Vermögens.

Die Nachbarn von Bumont nannten sie die Witwe und waren gewiß nicht sehr zufrieden mit der Freundschaft, mit der sie die Deutschen zu empfangen schien.

In seinem Haus wohnten vier hochrangige Offiziere.

Marie behandelte sie korrekt, aber von da an geschah es nicht. Aber seine Landsleute murmelten.

Vielleicht wollten sie, dass er ihr Essen vergiftet.

„Vielleicht kann ich ihn durch seine Vermittlung sehen und ihm helfen", sagte er sich.

In diesem Moment klopfte es dezent an die Tür, und Ivettes Stimme hallte aus dem Zimmer, woraufhin Marie sich umdrehte.

"Mama...

Komm rein, Tochter.

Ivette Ayers betrat den Raum.

Es war seine zwanzig Jahre jüngere Mutter. Groß, schlank, ihr blondes Haar umrahmt ein leicht verlängertes Oval; die blauen Augen, die nach oben gerichtete Nase ...

Marie betrachtete ihre Verzückung. Für sie war ihre Tochter das Einzige, was zählte und existierte auf der Welt.

Nur sie kannte die Wahrheit über ihre Geburt.

Was würde Ihre Tochter sagen, wenn sie wüsste, dass ihr Vater nicht Louis Beltrand war, sondern ein amerikanischer Oberst, der zurzeit ein Gefangener der Deutschen war, so nah und so weit weg von ihnen zugleich?

„Stimmt etwas nicht, Mama?“, fragte Ivette mit Singsang-Stimme.“ Ich habe auf dich zum Frühstück gewartet. Du weißt, wir müssen gehen ...

"Wir gehen nirgendwo hin, Tochter", antwortete Marie.

"Warum?

„Der Krieg ist zu nah. Die Amerikaner haben Tessy gestern mitgenommen.

Ivette saß neben ihm auf dem Bett.

„Mami. Die Deutschen haben einen Gefangenen gebracht. Sie sagen, er sei ein amerikanischer Oberst.

Maries Herz hüpfte bei diesem Klang.

„Du... hast du ihn gesehen? "Ich frage.

„Ja“, antwortete das Mädchen. Er ist groß und sehr gutaussehend... Er wird ungefähr achtundvierzig Jahre alt. Er sah sehr unglücklich aus.

„Es ist natürlich, Tochter. Schließlich ist er ein Gefangener.

„Was werden sie mit ihm machen?

"Wahrscheinlich nichts. Nur für den Fall, dass sie verloren aussehen und Widerstand leisten oder es nicht wegnehmen können ... sowieso. Denken Sie nicht an das Schlimmste. Denn was geht uns das an?", fragte Marie fast heftig, als ... wenn es sie schmerzte, dass ihre Tochter sich so für Ayers interessierte.

"Nichts, wirklich", antwortete das Mädchen. Viele denken, dass die Amerikaner für uns kämpfen, aber ich glaube nicht. Ich denke, was sie tun, ist unsere Felder und unsere Städte zu zerstören ...

„Ivette!“ rief die Frau aus.“ Bitte rede nicht so...

„Ist das nicht wahr? Wenn sie nicht nach Frankreich gekommen wären... Nun, angenommen, die Deutschen wären jemals gegangen und hätten unsere Häuser intakt gelassen. Anstelle dieser Form ... Oh, Mama! Ich hasse Krieg, ich hasse das Militär ... und ich hasse vor allem diese verdammten Yankees, die sind eingebildet ...

Marie starrte sie an, als sähe sie sie zum ersten Mal.

Ivette hatte sich vor ihr noch nie in diesem Sinne manifestiert, obwohl sie vielleicht recht hatte, was sie sagte.

Die alliierte Luftfahrt hatte Alees College zerstört, wo sie eine Ausbildung erhielt.

Mehrere Nonnen und Schulmädchen wurden bei dem Bombardement getötet und es war nicht verwunderlich, dass das Mädchen so dachte.

„Ist schon okay, Tochter. Lass uns frühstücken“, sagte er.

VI

Die Alliierten rückten weiter in Richtung Paris vor, aber im Moment wandten sich ihre Kampfeinheiten nach Norden und dachten, dass die Deutschen, die so flankiert und weit von ihren Versorgungsstützpunkten entfernt waren, sich von ihren westlichen Stellungen zurückziehen würden, ohne dass es jemand gesagt hätte. sich selbst belästigen.

Marie nutzte ihren Einfluss auf das deutsche Militär, das in ihrem Haus wohnte, und sicherte sich ein Interview mit dem Leiter des Sektors, einem großen und dicken Oberst, den sie bat, ihr zu erlauben, Ayers zu sehen.

Der Deutsche sah sie misstrauisch an.

„Ist er mit dir verwandt?“, frage ich.

„Nicht. Einfach bekannt.

"Seit wann?

„Seit dem anderen Krieg.

Der Oberst gab Maries Behauptungen nach und gewährte das Interview.

Ayers wurde in einem Raum auf der Rückseite des Gebäudes festgehalten.

Ein vergittertes Fenster hing über einem Garten, neben dem ständig ein deutscher Soldat Wache hielt.

Die Tür öffnete sich zu einem kleinen viereckigen Raum und davor befand sich ein Raum für die Schlafräume der Soldaten der "Komandatur"-Wache.

Vor einem Offizier kam Marie an der Tür an, die er befahl, den Soldaten vor ihr zu öffnen.

„Kommen Sie herein, Ma'am“, sagte er in korrektem Französisch zu Marie. Ich bin in zehn Minuten wieder für dich da.

Die Frau gehorchte. Der Offizier wandte sich dem Soldaten zu und gab ihm auf Deutsch Befehle, und er betrat das Zimmer hinter Marie.

Ayers saß auf einem Stuhl, der zusammen mit dem Tisch und dem Bett alle Möbel des Zimmers bildete.

Als er Marie im Türrahmen erscheinen sah, stand er auf und sie waren beide sprachlos und starrten sich einige Sekunden lang schweigend an.

Schließlich murmelte Ayers.

„Marie!

Sie schüttelte den Kopf und fasste damit den Vorwurf zusammen, der ihre Lippen verlassen wollte.

Ayers sah sie wieder an, ohne sich der Gefühle im Herzen seines Besuchers bewusst zu sein.

Warum war sie gekommen, um ihn zu sehen?

Vielleicht um ihm zu helfen oder vielleicht um ihm sein bisheriges Verhalten vorzuwerfen und es zu genießen, ihn zu kennen?

„Bruce", begann sie zu sagen. Es tut mir leid, dass wir uns wieder in dieser Situation befinden... Ich bin gekommen, um Sie zu fragen, ob ich etwas für Sie tun kann.

Ayers' Herz weitete sich, als er sie hörte.

„Setz dich hier", sagte er und bot ihr den Stuhl an.

Während Marie das tat, schloss der Soldat die Zimmertür und lehnte sich daran.

Ayers sah ihn an und fragte sich, ob er Französisch konnte, obwohl er es wahrscheinlich tat, wenn man bedachte, dass sie Frankreich besetzt hatten.

„Wie fühlst du dich, Bruce? Fragte Marie zögernd.

„Das kannst du dir vorstellen", antwortete er und stand vor der Frau. Marie... du wirst mich für einen Schurken halten und dazu hast du das Recht, aber verurteile mich bitte nicht zu hart... ich...

„Lass uns das fallen lassen, Bruce. Es hat lange gedauert, mich daran zu erinnern. In gewisser Weise muss ich dir dankbar sein, dass du mir eine Tochter geschenkt hast.

„Also, war es ein Mädchen?

"Ja.

Ayers ging vor ihr auf und ab. Dann hörte er wieder auf.

„Warum hast du es nicht mitgebracht?", frage ich.

„Deshalb bin ich zu dir gekommen. Sie dürfen Ivette nicht sehen.

„Aus welchem Grund?", fragte er verwirrt.

Es verstehen. Ivette weiß nicht, dass du ihr Vater bist. Es wird angenommen, dass sie die Tochter des ehrlichen französischen Bauern Louis Beltrand ist, der vor fünf Jahren starb. Der Schlag wäre zu schrecklich für sie.

„Warum denkst du das so?", fragte Bruce noch einmal.

"Es ist sehr einfach. Sie werden sicher geheiratet haben und Kinder in Amerika haben. Sie können sie nicht erkennen. Irgendwann wirst du wieder gehen und wir werden wieder allein in Frankreich sein. Lass die Dinge so wie sie sind. Jeder glaubt, dass Louis Beltrand sein Vater war. Wenn wir die Geschichte ausstrahlen ...

Marie war frei!

Plötzlich packte Ayers eine Entschlossenheit.

„Es kann unter Ivettes Ruf leiden... und Ihrem, nicht wahr? "Ich frage.

„Meins zählt nicht mehr; aber Ivettes, ja.

Ayers lächelte leicht.

„Hör zu, Marie", sagte er schließlich. Mein Leben war überhaupt nicht glücklich. Es scheint, als wollte der Himmel mich dafür bestrafen, dass ich dich verlassen habe. Ich heiratete eine eifersüchtige und egoistische Frau, die mir keine Nachkommen schenkte. Sein Tod, Gott vergib mir, war für mich wie eine Befreiung. Dies geschah einen Monat vor Kriegsausbruch, als ich mich darauf vorbereitete, nach Frankreich zu kommen, können Sie sich vorstellen, wozu?

Sie stand auf.

Ayers betrachtete ihr Gesicht, in dem jetzt ein Blick aufstrahlte, der ihn an die Marie erinnerte, die er gekannt hatte, und ihre Brust pochte.

„Ich sehe, du hast es herausgefunden“, fuhr er fort. Du liegst nicht falsch. Ich wollte dich suchen. Triff dich und meine Tochter. Du warst, wie viel ich hatte ... wie viel ich in dieser Welt "korrigiert" habe. Und jetzt bittest du mich, Ivette nicht zu sehen. Lass mich sie sehen, Marie. Wie ist?

„Genau wie ich in seinem Alter war“, murmelte die Frau und fühlte sich entwaffnet.

„Wenn das für alle gut endet, werden Sie und ich heiraten“, antwortete Ayers. Ivette wird sich für nichts schämen müssen.

"Aber ... das ist unmöglich", stammelte Marie.

"Unmöglich, warum? Du bist Witwe und ich auch. Wenn du mehr Kinder hast, dann...

„In meiner Ehe gab es keine Kinder“, unterbrach ihn Marie.

Besser als besser. Wir werden heiraten und in Frankreich leben oder nach Amerika gehen“, antwortete Ayers. Und er fügte hinzu und nahm beide Hände der Frau: Marie, wir sind noch nicht alt. Wir können das Leben genießen und vor allem das Unrecht, das ich dir angetan habe, teilweise wiedergutmachen. Lassen Sie sich diese Reparatur nicht von mir anbieten?

Die Frau zog langsam ihre Hände zurück und ließ sich in den Stuhl zurückfallen.

„Ich weiß es nicht“, sagte er. Ich weiß nicht... ich bin so fassungslos! Ich bin hierher gekommen, nur für den Fall, dass ich dir bei etwas helfen und dich bitten könnte, nichts zu tun, um Ivette zu sehen, aber... jetzt...

Was würde Bruce sagen, wenn er wüsste, dass Ivette Amerikaner hasst?

Sicherlich würde sie die Reaktion ihrer Tochter verstehen, wenn sie ihr den Grund für diese Feindseligkeit erzählte, aber sie hatte keine Lust dazu und zerstörte Ayers' Illusion.

Die lang ersehnte Reparatur war eingetroffen, aber nach so langer Zeit und unter solchen Umständen war es fast vorzuziehen, dass alles so geblieben war, wie es war.

„Na, was entscheidest du?

„Lass mich darüber nachdenken“, flehte Marie.

„Du hast nicht viel Zeit dafür. Der Posten hat mir gesagt, dass ich bald an einen anderen Standort versetzt werde. Die Ereignisse gehen sehr schnell, Marie. Meine Begleiter werden nicht lange auf sich warten lassen. Jetzt interessieren sie sich mehr für den Norden, aber ihr Vorrücken wird die Deutschen zwingen, zu gehen und mich mitzunehmen. Ich würde gerne eine definitive Antwort haben, wenn dies passiert.

Ein Klopfen an der Tür unterbrach das Gespräch.

Der Soldat drehte den Schlüssel im Schloss, und der Offizier trat ein, der vor Ayers stand, ihn militärisch grüßte und dabei den Kopf in einer leichten Verbeugung vor Marie beugte.

„Es tut mir leid“, sagte er. Die für das Interview vorgesehene Zeit ist abgelaufen.

Marie stand auf und streckte Ayers die Hand hin.

„Tschüss“, sagte er. Sie werden die Antwort bald haben.

"Ich hoffe es", antwortete der Amerikaner und drückte leicht die Hand der Frau zwischen seine.

In Begleitung des Offiziers verließ Marie den Raum und ließ Bruce Ayers in einer Freude zurück, wie er sie schon lange nicht mehr gefühlt hatte.

Trotz seiner Situation war er glücklich.

Marie liebte ihn noch immer, dessen war er sich sicher, und außerdem konnte er nicht vergessen, dass er Ivettes Vater war.

Die Antwort wäre sicherlich ja.

Er konnte immer noch in der Steigung seines Lebens das friedliche und heitere Glück finden, das Gladys ihm nicht zu verschaffen wusste.

Maries Gemütsverfassung war dagegen ganz anders.

Sie hatte geglaubt, dass das, was ihr Herz Ayers gegenüber hegte, Hass war, aber ein einfacher Wortwechsel mit dem Amerikaner hatte ausgereicht, damit ihre vorgetäuschte Feindseligkeit wie ein Kartenhaus zusammenbrach.

Nachdem er dem deutschen Oberst für seine Ehrerbietung gedankt hatte, ging er langsam nach Hause, als er das Rathaus verließ.

Als er dazu kam, hatte er sich entschieden.

Er würde Ayers' Vorschlag bejahen, statt ihr für Ivette. Der Amerikaner war ihr richtiger Vater und das sollte das Mädchen wissen.

Es war besser für sie, es ihm selbst zu sagen, als dass sie auf eine böse Zunge stieß, die ihr Dinge nach Belieben erzählte.

Zu diesem Zweck betrat er das Haus und rief Ivette an, aber das Mädchen war nicht da, und Marie widmete sich mechanisch ihren Aufgaben und wartete auf ihre Rückkehr.

Eine halbe Stunde später betrat einer der deutschen Offiziere, die in seinem Haus wohnten, es.

Marie kam ihm entgegen.

Der Offizier wurde von zwei Soldaten begleitet, die in die für sie bestimmten Räume im Erdgeschoss gingen.

„Wir kommen, um unsere Ausrüstung abzuholen“, sagte der Offizier. Wir verlassen.

„Was lassen sie?“ fragte Marie verwirrt und ängstlich, als sie an Bruce dachte.

„Wir tun. Ein Befehl ist soeben eingegangen. Nur eine Kompanie wird hier bleiben, glaube ich, und auf die Ankunft einiger Truppen warten, die sich aus dem Süden zurückziehen.

Der Beamte betrat auch die Räume.

Marie blieb regungslos im Hausflur stehen.

Zehn Minuten später erschienen der Offizier und die Soldaten, beladen mit Koffern und Paketen, und verabschiedeten sich kurz von Marie und dankten ihr für ihre Gastfreundschaft.

Die Französin antwortete ihm mit zerstreuten Worten, denn ihre Gedanken waren woanders und bei anderen Problemen.

Schließlich fragte er:

„Und der Gefangene? Nehmen sie es auch?

„Das wissen wir nicht. Ich weiß nicht, was sie damit machen werden.

Der Beamte verließ das Haus. Maries Gehirn kochte sofort über und formte einen Plan, der ihr gerade eingefallen war.

Ivette kam kurz darauf an und fand sie beschäftigt.

Die beiden Frauen schlossen sich der gesamten Bevölkerung des Dorfes an, die schweigend den Marsch der Deutschen miterlebte.

Tausende Soldaten verließen diesen Abschnitt, gezwungen durch den ungestümen Vormarsch der Amerikaner.

Sie marschierten größtenteils in Lastwagen, zogen die Kanonen durch die Straßen und Felder, gefolgt von hundert Panzern, auf dem Weg in ihre Heimat, um sie zu verteidigen, nachdem sie zwei lange Jahre die Herren und Herren des französischen Bodens gewesen waren.

.

Dieser Morgen war ein Feiertag für die Leute.

Die ermutigten Franzosen zeigten nun ihre Feindseligkeit gegenüber den Deutschen.

Den Rest des Vormittags erledigte Marie Geschäfte, unterhielt sich mit den deutschen Soldaten, sammelte hier und da Berichte, die ihren Zwecken dienten.

Bruce Ayers war noch immer in Dumont-sur-Vire und straffte seine Uhr.

Offenbar warteten die Soldaten, die in der Stadt "ungefähr hundert" zurückgeblieben waren, auf die Ankunft zweier Divisionen, die sich von der Atlantikküste zurückzogen.

Es hieß auch, dass zwei deutsche Geheimdienstoffiziere in Dumont eintreffen würden, um den Oberst nach Süden zu bringen, da die Straßen nach Norden komplett gesperrt waren.

Kurz gesagt, die Situation war chaotisch und verwirrend, aber eines war sicher: Bruce war immer noch in Dumont und sie würden ihn jeden Moment mitnehmen.

Es war also dringend zu handeln. Marie war entschlossen, alles für ihn zu tun, einschließlich seiner Freiheit.

Es gab jedoch viele Schwierigkeiten, Bruce zu helfen.

Die Deutschen waren misstrauisch geworden und beobachteten die Stadt genau, um ein Durchsickern der bewaffneten Macchia zu verhindern.

Er hätte Dumonts Männer um Hilfe bitten können, aber das war höchst unwahrscheinlich.

Marie wußte nicht, was man in der Stadt von ihr hielt, nur weil sie angeboten hatte, vier Offiziere in ihrem Haus unterzubringen, die sie mit der gleichen Korrektheit behandelte, wie sie zeigten.

„Jeder, den ich um Hilfe bitte, wird denken, dass ich ihm zusammen mit den Deutschen eine gute Falle stelle", murmelte er. Niemand wird mir bei Dumont helfen wollen. Ich muss woanders Hilfe suchen.

Aber wo?

Er verbrachte mehr als eine halbe Stunde damit, darüber nachzudenken, und entschied schließlich, dass es die amerikanischen Soldaten selbst waren, die auf der Suche nach Ayers nach Dumont gehen würden.

Dafür mussten sie natürlich wissen, dass er da war, was sie sicherlich nicht wussten.

„Und auch, dass sie Kühnheit anwenden müssen, wenn sie ihn retten wollen", sagte er sich. Die Deutschen würden ihn ohne zu zögern töten, sobald sie herausfanden, dass er versuchte, ihn zu befreien.

Nachrichtenberichten zufolge befanden sich die nächsten Soldaten in Tessy, zwölf Kilometer nördlich von Dumont.

Wen als Kurier schicken?

Er konnte niemandem in der Stadt vertrauen.

Es musste mit äußerster Zurückhaltung vorgegangen werden, und die Person, die nach Tessy ging, musste die Bedingungen erfüllen, die ausreichten, um die Amerikaner davon zu überzeugen, dass es sich nicht um eine Falle handelte.

„Es gibt nur eine Person, die mir helfen kann, und das ist Ivette“, sagte er sich; aber willst du?

Das Mädchen musste alles wissen.

Entschlossen rief sie nun ihre Tochter an, die in ihr Zimmer ging und überrascht sah, wie ihre Mutter die Tür hinter sich abschloss.

Dann schloss er auch den Balkon, als hätte er Angst, dass der Wind seine Worte zu neugierigen Ohren tragen könnte.

Ivette blickte verwirrt über diese Vorbereitungen und betrachtete ihre Mutter, als sie sich ihr zuwandte und sagte:

Setz dich, Ivette. Wir müssen reden.

Das Mädchen ließ sich auf einen Stuhl fallen und sah Marie immer noch an, vielleicht spürte sie, dass sie gleich etwas Unangenehmes erfahren würde.

Ihre Mutter setzte sich ihr gegenüber und fragte:

„Weißt du, wo ich heute Morgen war?

„Nein“, antwortete das Mädchen.

„Ich habe den Amerikaner besucht, der ein Gefangener im Rathaus ist.

„Deine Mutter?“, fragte die junge Frau überrascht.“ Warum hast du das gemacht?

„Er tat mir leid und ich dachte, er könnte dir vielleicht ein bisschen helfen.

„Warum hast du es getan? Sie haben es nicht verdient und ...

„Hör zu, Ivette“, antwortete Marie geduldig. Der Krieg ist grausam, aber niemand kann daran zweifeln, dass es an den Alliierten liegt, wenn die Deutschen gegangen sind.

Ivette war verwirrt. Es war das erste Mal, dass er seine Mutter so sprechen hörte.

Wann immer er sie gegen die Alliierten demonstrieren hörte, schwieg er hartnäckig; er hatte sich bei der Hitze, die er jetzt machte, nie für sie eingesetzt.

"Andererseits haben die Deutschen auch viele Bestialitäten gemacht", fuhr Marie fort.

„Ich hasse sie wie die anderen", erwiderte das Mädchen heftig.

„Du solltest es auch nicht tun. Es stimmt, dass die niedrigen Instinkte der Menschen durch den Krieg entfesselt werden, aber das meiste unseres Leidens kommt vom Krieg selbst und nicht von den Männern, die darin kämpfen. Nun, Ivette, der Punkt ist, dass ich diesem Mann helfen möchte ...

„Was kannst du für ihn tun?", fragte das Mädchen fasziniert." Es heißt, dass sie es wegnehmen werden.

„Das will ich verhindern", erwiderte Marie und ihre Tochter sah sie wie verrückt an.

„Hör auf, du? Aber wie willst du es bekommen? Und warum hast du dich plötzlich so sehr für diesen Gefangenen interessiert?

„Er wird der Gefangenschaft nicht widerstehen. Du kannst sterben...

"Andere sind auch gestorben, Mutter", fügte Ivette hinzu, "misch dich in nichts ein. Die Deutschen sind verärgert und dir könnte etwas passieren. Außerdem, was kümmert dich dieser Mann?

Marie wollte ihm gerade sagen, dass sie sich mehr kümmerte, als sie sich vorgestellt hatte, aber Ivette sprach schnell weiter:

„Ich verstehe schon, was mit dir passiert. Unsere Position im Dorf ist jetzt heikel. Sie haben Angst, als Kollaborateur abgestempelt zu werden, und versuchen, sich mit dieser Geste bei den Leuten einzuschmeicheln, oder?

Marie lächelte.

„Nein", antwortete er. Es ist ein wichtiger Grund, der mich dazu drängt, dies zu tun "er sah dem Mädchen in die Augen und fügte langsam hinzu, als wollte er die Idee in Ivettes Gehirn eindringen lassen." Dieser Mann ... ist dein Vater.

Die junge Frau sah sie mit großen Augen an. Dann blinzelte er immer wieder und fragte, immer noch nicht ganz verständnisvoll:

„Mein... mein Vater? Aber Mama ... was sagst du? Du Scherz...

"Ich war nie ernster", antwortete Marie. Ich verstehe deine Seltsamkeit, Ivette, aber es ist wahr. Hör zu und du wirst verstehen...

Er erzählte schnell von den Ereignissen, die sich vor Jahren ereignet hatten und die sich in seine Seele und sein Gedächtnis eingeprägt hatten, als ob sie am Tag zuvor passiert wären.

Als ihre Mutter zu Ende gesprochen hatte, rief sie aus:

"Mein Gott!

Mehr sagte er nicht. Sein Blick war in der Leere verloren und Marie respektierte sein Schweigen, verstand, was durch die Seele ihrer Tochter ging.

Ivette hatte das Gefühl, dass eine ganze Welt, die über zwanzig Jahre lang sorgfältig konstruiert wurde, nun falsch war und auseinanderfiel.

Während dieser Zeit war sie getäuscht worden, weil sie glaubte, ihr Vater sei Louis Beltrand und siehe da, plötzlich fielen ihr schreckliche Neuigkeiten auf den Kopf ...

„Ich verstehe", murmelte er schließlich.

Sie verstand, warum sie Beltrands Tod nicht mit der Intensität gespürt hatte, mit der sie glaubte, einen Vater zu verlieren.

Sie verstand auch, warum er nie liebevoll zu ihr gewesen war und auch nie die Aufmerksamkeit eines guten Vaters gehabt hatte.

Es gab viele Dinge, die er entdeckte und den Schleier erklärte, der gerade vor seinen Augen gezogen worden war.

Aber er hatte immer noch keine andere Zuneigung, um die seines falschen Vaters zu ersetzen, und in seinem jugendlichen Herzen wurde die absolutste Leere gemacht.

„Er hat dich verlassen, er hat dich allein gelassen“, rief er plötzlich heftig aus. Er ist gegangen ... und du willst ihm trotzdem helfen? Lass ihn sie komponieren, wie er kann, Mutter ...

Marie schüttelte den Kopf.

„Daran war auch der Krieg schuld, meine Tochter. "Er hat traurig geantwortet." Als ich ihn wieder sah, dachte ich, er würde meinen Hass weiter nähren. Jetzt habe ich ihn gesehen und liebe ihn immer noch; Aber selbst wenn es nicht so wäre, würde es ihm trotzdem helfen. Er ist der Vater meiner Tochter, und das reicht.

„Ich verstehe nicht... ich... ich bin verwirrt. Ich weiß nicht, was ich sagen soll", murmelte die junge Frau.

„Ivette, lass dich nicht vom Hass mitreißen. Denke ruhig darüber nach. Es liegt in unserer Macht, das Geschehene wieder gut zu machen. Dieser Mann will mich heiraten.

„Hat er es dir versprochen?

"Ja.

„Er muss es getan haben, damit du ihm hilfst“, erwiderte das Mädchen sarkastisch.

„Nicht. Das Leben war hart für mich und ich weiß genau, wann sie versuchen, mich zu betrügen. Dein Vater ist aufrichtig.

Das Mädchen zögerte, als sie ihren Namen Ayers hörte, einen Mann, den sie nur eine Sekunde lang gesehen hatte.

Ein unbekanntes Gefühl überfiel sie und sie fühlte sich sicherer und geschützter vor der Welt, obwohl ihr Vater ein Gefangener war und sie ihm außerdem nicht traute.

„Er freut sich auf dich“, fügte Marie hinzu. Du willst mir nicht helfen? Ivette, wenn nicht für ihn, dann tu es zumindest für mich.

"Ich weiß es nicht, Mutter", antwortete das Mädchen, immer noch zögernd. Du weißt, wie ich sie hasse. Was Sie mir gesagt haben, hilft sicherlich nicht, es zu zerstreuen.

Ivettes Worte waren hart. Aber Marie verstand, dass ihre Tochter die letzte Schanze verteidigte und sagte:

„Schon gut. Denke eine Weile darüber nach, aber nicht zu lange. Es ist dringend zu handeln. Und denk daran, Ivette. Ich brauche deine Hilfe.

Das Mädchen verließ das Zimmer, erreichte aber nicht einmal ihr Zimmer.

Marie spürte plötzlich, wie ihre Schritte im Flur schnell klopften und sie lächelte, denn sie kannte ihre Tochter sehr gut.

Die junge Frau trat an seine Seite und warf sich in seine Arme und sagte:

„Mama... ich helfe dir.

Die beiden Frauen verschmolzen zu einer engen Umarmung.

„Danke, Tochter", sagte Marie aufgeregt. Ich war mir sicher, dass ich auf dich zählen konnte.

Ivette schlüpfte aus seinen Armen.

Nun, da er sich entschieden hatte, freute er sich auf Aktivität.

„Hast du dir was überlegt?" frage ich. Und die Antwort seiner Mutter sehen". Was gibt es zu tun?

„Du musst zu Tessy gehen. Meinen Nachrichten zufolge sind dort Amerikaner. Sie werden einen Brief von mir nehmen, den Sie einem Offizier übergeben müssen. Sie werden wissen, was zu tun ist.

Ivette schüttelte zweifelnd den Kopf.

„Es ist sehr gefährlich", murmelte er. Wenn ich auf eine deutsche Patrouille stoße ...

"Dir wird nichts passieren", versicherte seine Mutter. Es wird Ihnen immer Zeit geben, den Brief zu verstecken oder zu zerstören.

„Wie soll ich gehen?

„Zu Pferd. Jorge wird dich begleiten. Sag ihm, er soll zwei Pferde vorbereiten, während ich den Brief schreibe.

Er setzte sich an den Tisch und begann zu schreiben, während Ivette das Zimmer verließ und auf der Suche nach dem Diener zu den Korralen flog.

Eine halbe Stunde später ritt Ivette im Gehege und hörte sich die letzten Anweisungen ihrer Mutter an.

„Du musst am Flussufer entlang gehen. Die Bäume werden es für jemanden erschweren, dich zu sehen, verstehst du, Jorge?

"" Oui, Madame. "

Der Diener war ein Mann in den Sechzigern; stark und gut erhalten, der sein halbes Leben in Maries Diensten verbracht hatte.

Sie küsste Ivette, als sich das Mädchen zu ihr beugte.

„Beeil dich, Tochter. Versuchen Sie, sie davon zu überzeugen, dass Sie schnell handeln müssen. Ich sage Ihnen bereits in dem Brief, was ich gedacht habe.

Er öffnete die Pferchtür und steckte seinen Kopf in das verlassene Feld.

„Komm schon", sagte er. Niemand.

Jorge und Ivette verließen den Pferch und führten die Pferde zum Fluss.

Bald darauf verlor Marie sie aus den Augen, als sie die Bäume betrat, die Hände verschränkte und zum Himmel aufblickte, während sie ein Gebet und ein Flehen murmelte.

VII

Roy de Ruse erkannte bald, dass die ihm von Colonel Ayers anvertraute Mission nicht so einfach war, wie er gedacht hatte.

Der plötzliche Bruch der Front durch nordamerikanische Truppen hatte dazu geführt, dass viele Deutsche von ihren Einheiten getrennt wurden.

Aber aus diesem Grund dachten sie nicht daran, sich zu ergeben.

Im Gegenteil, sie versuchten mit allen Mitteln, sich mit ihren Gefährten zu verbinden, zogen sich nachts zurück und versteckten sich tagsüber.

Die meisten von ihnen bildeten kleine Gruppen von Männern, die sich im Allgemeinen widerstandslos ergaben, da sie wussten, dass es zwecklos war, gegen das Unvermeidliche zu kämpfen.

Aber dies war nicht immer der Fall.

Zu anderen Zeiten bildeten sie wahre Einheiten von Kämpfern, die nicht zögerten, sich in ihrem Eifer, sich selbst zu retten, den amerikanischen Reinigungstruppen entgegenzutreten, um gefangen genommen zu werden.

Sehr früh am Morgen bildete der Offizier auf dem Marktplatz eine Kompanie.

Seine Mission war es, die Ufer des Flusses Vire auf der Suche nach versteckten deutschen Soldaten zu erkunden.

Die Ufer des Flusses waren mit Vegetation bedeckt und Roy entschied sich, keinen seiner beiden Tanks zu tragen.

Die Truppen verließen die Stadt und erreichten bald den Fluss, wo sie die Alleen, die Obstgärten, das Brombeergestrüpp und jeden Ort erkundeten, der die geringste Chance bot, einen Mann zu verstecken.

Die Kraft der Hitze nahm zu.

Gegen Mittag schwitzten die Soldaten aus allen Poren und Roy befahl eine kleine Pause.

„Können wir ein Bad nehmen? fragte ein Soldat.

"Natürlich, aber in drei Schichten", antwortete der Offizier.

Die Soldaten zogen ihre Ausrüstung aus und sprangen ins Wasser, während ihre Kameraden die Umgebung beobachteten.

Als alle die Freuden des Bades genossen hatten, verschlangen sie die Ranch im Trio und setzten ihren Marsch stromabwärts fort.

Die einhundertfünfzig Mann rückten vom Ufer aus vor und bedeckten eine breite Front.

Sie bildeten keine regelmäßige und gleichmäßige Linie, sondern wellenförmig entsprechend den Kurven des Geländes oder der Dicke der Hainen, die sie erkennen mussten.

Roy näherte sich ungefähr in der Mitte der Linie, die Pistole in der rechten Hand.

Die Minuten vergingen in Frieden und ließen ihn glauben, dass die Erkundung fruchtlos sein würde.

Aber eine halbe Stunde später hatte er den Eindruck, dass dies nicht der Fall sein würde.

Die Männer, die die führende Kolonne bildeten, standen still und warteten schweigend auf seine Ankunft, lagen auf dem Boden oder versteckten sich hinter den Bäumen.

Roy näherte sich Corporal Evans.

„Was ist los?", frage ich.

„Schauen Sie nach vorn", antwortete der Korporal.

Er lag hinter einigen Büschen, durch die Roy aus nächster Nähe eine Bewegung sehen konnte.

"Mir scheint, dass es zwei Leute sind", sagte Evans. Sie haben zwei Pferde, obwohl ich mir da nicht ganz sicher bin.

"Sie können versuchen, den Fluss zu überqueren", sagte der Leutnant. Gehen Sie geradeaus.

Auf ein Zeichen von ihm hin beschrieben die Männer, die die Flügel der führenden Kolonne bildeten, schweigend einen weiten Halbkreis, dessen Enden sich bald an das Ufer des Flusses lehnten.

Der Leutnant rückte mit einem Dutzend Mann vor, schärfte den Zaun, und plötzlich sprangen alle auf die Lichtung.

„Niemand bewegt sich! Der Offizier ist explodiert.

Er fügte hinzu, dass sie die Waffen zu Boden werfen, aber das taten sie nicht.

Stattdessen runzelte er die Stirn und wandte sein Gesicht dem Korporal zu.

Vor ihm standen zwei Leute, aber es waren keine deutschen Soldaten, und es war auch nicht die geringste Spur von Krieg in ihnen.

Einer war ein stämmiger weißhaariger Bauer, der lächelte und seine starken weißen Zähne zur Schau stellte.

Er wurde von einem Jungen begleitet... Nun, das schien ihm zunächst so, bis Ivette ihre großen Augen zu ihm aufhob und langsam aufstand.

Dieses Gesicht, die langen Wimpern und vor allem diese Büste, die ihn ersticken ließ, waren nicht typisch für einen Jungen, sondern für eine Frau.

Und nicht irgendeine Frau, sondern ...

Das bewundernde Zischen eines der Soldaten brachte seine Idee hinreichend zum Ausdruck.

Einige Sekunden lang sahen sich beide an, ohne die Lippen auseinander zu nehmen.

Die Lichtung war voller Soldaten gewesen, die das Mädchen ansahen, als hätten sie noch nie eine Frau gesehen.

Roy brach das Schweigen, um zu fragen.

"Was machst du hier?

Sein Französisch war nicht sehr gut, aber Ivette verstand ihn.

„Lass uns zu Tessy gehen“, antwortete er mit einem Lächeln. Was für einen Schrecken sie uns gemacht haben! Wir dachten, sie wären Deutsche.

„Sind Sie von Tessy?

„Nicht. Wir kommen aus Dumont.

„Weißt du nicht, dass es jetzt gefährlich ist, hier herumzulaufen? Sie müssen in der Stadt geblieben sein.

„Wir müssen zu Tessy", antwortete Ivette. Ich habe einen Brief für einen Offizier der amerikanischen Streitkräfte.

Roy war überrascht.

„Ein Brief?" frage ich. Wessen? Also das?

Sind Sie Offizier? fragte Ivette.

„Ja. Was willst du? Du musst nicht in die Stadt gehen.

"Besser" antwortete das Mädchen. Was ich mitteilen möchte, ist, dass Colonel Ayers, der ein Panzerregiment befehligte, ein Gefangener in Dumont ist.

Eine großkalibrige Granate, die plötzlich auf der Lichtung explodiert war und die Hälfte seiner Männer niedergestreckt hatte, hätte auf Roy keinen größeren Eindruck gemacht.

„Teufel! „Explodiert." Das sagt mir?

Er konnte es nicht glauben und sah das Mädchen wieder an, als wäre sie ein unbekanntes Wesen.

Ihr Aussehen und ihre Sprache waren nicht die einer unwissenden Bäuerin, wie ihre Kleidung behauptete, sondern die einer gebildeten und gebildeten Frau.

„Woher weißt du das?", fragte er mit Argwohn in den Augen.

„Meine Mutter konnte mit ihm sprechen und sie hat mich geschickt, um es dir zu sagen.

"Und ich, der ihm in Paris geglaubt habe", murmelte der Offizier. Weißt du, wie sie dich erwischt haben?

„Ich ignoriere es. Ich weiß nur, dass er in Dumont ist und dass sie ihn heute Nacht oder morgen früh nach hinten bringen werden. Wenn sie etwas tun wollen, um ihn zu retten, müssen sie sich beeilen.

Roy lächelte wie jemand am Ende der Straße.

„Es scheint, dass Sie sehr daran interessiert sind, dass wir gehen", sagte er. Warum?

"Ich habe ihm schon gesagt, dass sie ihn abholen werden", antwortete Ivette ungeduldig, vielleicht erriet sie, was der junge Offizier dachte.

„Was du willst, ist, dass wir dem Wolf ins Maul gehen", explodierte Roy. "Ray! Ich habe in meinem Leben eine größere Dummheit gehört als die Geschichte, dass der Colonel ...

„Du bist schlau", antwortete das Mädchen bissig. Sie können meinerseits versuchen, ihm zu helfen oder nicht. Ich sage Ihnen nur, dass die Deutschen die Stadt evakuiert haben und dort hundert Soldaten zurückgelassen haben. Kann es sein, dass er Angst hat? fragte er sarkastisch.

"Hey" Roy wollte viel sagen, aber er fing sich noch rechtzeitig und schnaubte. „Haben Sie den Oberst gesehen?

„Einen Moment", antwortete das Mädchen. Soll ich dir sagen, wie es ist?

"Genau.

Ivette gab ihm eine genaue Beschreibung von Ayers und Roy rieb sich den Kiefer, nicht sicher, was er tun sollte.

„Und du sagst, deine Mutter hat dich geschickt?", frage ich.

„Ja. Lies diesen Brief.

Roy nahm es Ivette aus den Händen und entfaltete es vor seinen Augen.

Die Soldaten warteten auf seine Entscheidung. Sie sahen, wie er erstaunt die Augen öffnete und dann in einen Eid ausbrach.

Marie gab ihm Anweisungen, wie sie ihrer Meinung nach handeln sollten, um den Oberst zu befreien.

„Nun. Alles ist perfekt geplant, nicht wahr, Süße?" fragte er trocken.

„Nach allem, was ich sehe, vermutest du immer noch, dass es eine Falle ist", antwortete sie.

"Ich weiß nicht, was ich Ihnen sagen soll", antwortete der Offizier. Wie es heißt?

„Ivette.

„Ivette, was sonst?

"Nun, die Wahrheit ist, dass ich es nicht weiß", antwortete das Mädchen lächelnd.

„Was weißt du nicht? Ich verstehe nicht.

„Es ist ganz einfach. Bis heute dachte ich, ich heiße Ivette Beltrand, aber es scheint, dass mein richtiger Nachname seit heute Morgen... Ayers ist.

Ivette lächelte über die Ratlosigkeit, die Roy bei diesen Worten überkam.

Er verstand nichts und die Soldaten noch weniger.

„Was zum Teufel meinst du?“ „Explodiert.“ Entschuldigung „er murmelte.“ Es ist nur ... ich verstehe nicht.

„Nun“, antwortete Ivette. Es scheint, dass ich die Tochter des Obersten bin. Ich wusste es bis heute morgen nicht. Vorsichtig! Es wird fallen!

Roy spitzte die Lippen. Er packte das Mädchen am Handgelenk und schüttelte sie heftig.

„Wenn du denkst, dass ich ein Idiot bin...“, blaffte Roy.

„Oh nein!“ antwortete sie." Nichts davon. Ich verstehe, dass das Ding zu stark ist, um es auf einmal zu verdauen. Ich selbst habe mich noch nicht daran gewöhnt, dass dieser Mann mein Vater ist, obwohl ich es gewusst habe für ein paar Stunden, natürlich kann man so etwas von einem Yankee erwarten.

"Yankees sind wie andere Männer", sagte Roy. Warum wird es nicht gleich erklärt?

Ivette tat es in wenigen Worten und Roy glaubte an sie.

Der Ton des Mädchens war aufrichtig, was aber auch das tagelang zerstreute Auftreten des Obersten erklären konnte.

„Okay“, entschied er. Wir werden ihn suchen, aber ich werde ihn warnen. Du kommst mit uns und...

„Und er wird mich genau beobachten, bis er sicher ist, dass es kein Hinterhalt ist. Zustimmen. Ich kann Ihnen Ihr Misstrauen nicht vorwerfen.

Roy war beeindruckt von der Sicherheit des Mädchens und auch von ihrer Schönheit.

Er half Ivette, ein Pferd zu reiten, erlaubte Jorge jedoch nicht, dasselbe zu tun, und die Gesellschaft kehrte nach Tessy zurück.

Roy warf Ivette von Zeit zu Zeit einen Blick zu und beobachtete, wie die leichte Nachmittagsbrise mit den Haaren des Mädchens spielte.

Einmal drehte sie sich um und überraschte ihn bei seiner Untersuchung.

„Versuchen Sie herauszufinden, ob ich eine Ähnlichkeit mit dem Colonel habe?“, frage ich.

"Nein, Süße", antwortete der Leutnant. Ich finde dich einfach sehr hübsch.

„Wow, wenigstens weißt du, wie man Komplimente macht. Ich fing schon an zu zweifeln...

"Der Krieg macht uns hart und vorsichtig", antwortete der Leutnant. Die Deutschen sind sehr schlau und wir müssen sehr vorsichtig sein.

"Erzählen Sie mir etwas über den Oberst ... über meinen Vater", korrigierte Ivette.

Roy erkannte, dass er sich an die neue Situation anpassen wollte und sprach von Ayers so, dass Ivette nicht umhin konnte zu sagen:

„Du sprichst von ihm auf eine Weise, die auch dein Vater zu sein scheint.

Sie lachten beide. Dann sagte Roy:

In diesem Moment würde ich nichts auf der Welt mehr bereuen, als dass du meine Schwester warst.

„Glaubst du nicht, dass ich ziemlich gut bin?

„Im Gegensatz. Du verdienst einen weiteren Tribut“, erwiderte Roy.

„Ist dir bewusst, dass du mit mir schläfst? "Habe das Mädchen gefragt." Und angesichts des Hintergrunds, den ich über das Verhalten von Amerikanern habe, scheint es nicht sehr ...

„Das war im anderen Krieg“, unterbrach Roy. „Der Oberst ist trotz allem ein Gentleman.

Am Abend erreichten sie das Dorf und Roy traf sofort Vorbereitungen, um nach Dumont zu ziehen, da er erkannte, dass er schnell handeln musste.

Bevor er sich über die Anzahl der mitzubringenden Soldaten entschied, zögerte er einige Augenblicke und beschloss schließlich, dem Rat des Mädchens zu folgen.

"Mit einer Reihe von entschlossenen Männern wird es reichen", sagte das Mädchen.

Sie alle meldeten sich freiwillig, ihn zu begleiten, und Roy musste sich zwischen ihnen entscheiden.

Eine halbe Stunde später, als der Nachmittag langsam dunkel wurde, verließ Roy Tessy in Begleitung von zwanzig Männern, die entschlossen waren, notfalls ihr Leben für den Colonel zu geben.

Zehn Minuten nachdem der Lastwagen mit dem Leutnant und den Soldaten abgefahren war, fuhren auch die beiden ihnen zur Verfügung stehenden Panzer nach Dumont.

Der Befehl, den seine Diener trugen, war, am Flussufer, einen halben Kilometer von der Stadt entfernt, zu warten oder einzugreifen, wenn sie ihre Hilfe für notwendig hielten.

Der Lastwagen bewegte sich mit einer Geschwindigkeit, die dem schlechten Straßenzustand entsprach, und die Ankunft der Nacht überraschte sie vier Meilen von Dumont entfernt.

„Lassen Sie die Lichter aus“, sagte Roy zum Fahrer.

Ivette saß neben ihr und sprach kein einziges Wort, aber als sich ein paar Minuten später die Silhouette von Dumont-sur-Vire vor dem mondlosen Himmel abzeichnete, sagte das Mädchen:

„Ich denke, wir gehen besser zu Fuß weiter.

"Okay, Süße", antwortete der Leutnant. Sie werden uns führen.

„Musst du mich immer noch einen Zauber nennen?“, fragte Ivette, als sie mit Hilfe von Roy aus dem Truck stieg.

„Mach dir keine Mühe“, sagte er. Du bist mein Charme, seit ich dich gesehen habe, aber das bedeutet nicht, dass ich auch dein Charme bin.

Ivette schnaubte, was vom Lachen des Fahrers bestätigt wurde.

„Runter, Jungs“, sagte Roy. Wir gehen zu Fuß weiter.

Die Soldaten stiegen aus dem Lastwagen, dessen Fahrer manövrierte, um ihn im Gestrüpp zu verstecken.

Die kleine Truppe setzte ihren Weg schweigend fort.

Ivette und Jorge marschierten an der Spitze, beobachtet von Roy und vier Soldaten, die sie nicht aus den Augen ließen.

Auf diese Weise erreichten sie die Mauern des Pferchs von Maries Haus, nachdem sie wie ein Gespensterzug schweigend die Felder überquert hatten.

Jorge drückte mit beiden Händen gegen das Tor. Als sie sich öffnete, wurde Roys Aufmerksamkeit aufs Äußerste gelenkt, aber nichts geschah.

Jorge und Ivette betraten zuerst den Korral, gefolgt von den Soldaten.

Die Umrisse zweier Streitwagen waren in der Dunkelheit zu erkennen, aus der eine Frauenstimme sie erreichte.

„Ivette, bist du es?

"Ja, Mutter", antwortete das Mädchen.

Maries Silhouette hob sich aus der Dunkelheit ab, als sie auf sie zukam.

„Ich war ungeduldig“, murmelte er. Komm hier entlang.

Die Tür des Hauses öffnete sich und gab ein Bild von verblassendem Licht frei, durch das die Yankees schlüpften, Ivette und ihrer Mutter folgten.

Durch einen Korridor gelangten sie schließlich in einen großen Raum, wo Marie sich an Roy wandte.

„Hat meine Tochter erklärt, wie die Situation ist? Er hat gefragt.

„Ja, Ma'am. Ich freue mich darauf, von Ihrem Plan zu hören, den Colonel zu retten.

Um sie herum drückten die Gesichter der Soldaten Angst aus.

Von der Straße kam das Geräusch näherkommender Schritte. Marie verstummte und legte einen Finger an den Mund.

„Es ist eine deutsche Patrouille", sagte er leise.

Durch das geschlossene Fenster wurde das Geräusch lauter. Dann nahm es ab, bis es schließlich verloren war.

„Ist der Oberst noch da? fragte Roy.

„Ja. Zwei Offiziere sind gekommen, um ihn abzuholen, aber sie werden es erst morgen tun, aus Angst vor der Maquis.

Roy starrte in das Gesicht der Frau, mit der er sprach.

Trotz seines Alters, trotz des schmerzvollen Lebens, das seine Augen verkündeten, war er immer noch schön und glatt.

Es bestand kein Zweifel, dass Ivette seine Tochter war. Sie muss auch so gewesen sein, als Ayers sie kennenlernte.

„Wo hast du ihn?" frage ich.

"Im Rathaus.

„Kennst du den Ort?

„Ja. Ich habe mir überlegt, wie ich ihn mit dem geringstmöglichen Risiko befreien kann", sagte Marie. „Es muss schnell und leise geschehen. Wie viele Männer hat er mitgebracht?

"Zwanzig.

„Sie werden ausreichen, aber Ivette, Jorge und ich können bei Bedarf aushelfen.

Sein Gesicht drückte Entschlossenheit aus. Er ging zum Tisch hinüber und Roy tat es auch, seine Augen ruhten auf der groben Blaupause, die Marie gezeichnet hatte.

Marie formulierte ihren Plan schnell und klar.

Roy hörte ihr aufmerksam zu und machte einige Einwände, aber es dauerte nicht lange, bis sie zustimmten.

„Komm schon“, sagte Roy. Augen weit auf, Jungs.

Die amerikanischen Soldaten begannen sich heimlich zu bewegen.

Drei von ihnen, mit Handgranaten und Maschinengewehren versehen, wurden auf dem Balkon des Hauses mit Blick auf den Platz vor der Tür des Rathauses aufgestellt.

Ivette und Jorge blieben bei ihnen. Der Rest, mit Marie an der Spitze, verließ das Haus durch die Pferchtür.

VIII

Die Rückseite des Rathauses blickte auf einen Garten ohne Tore oder Zäune jeglicher Art.

Tagsüber munterten ihn die Kinder mit ihren Spielen auf, doch jetzt war er still und einsam.

Ein deutscher Soldat ging unter einem der Fenster hin und her, die aus Stein und Schlamm geschlossen und von einem Gitter aus Eisenstangen geschützt waren.

"Da ist der Oberst", sagte Marie.

Der Posten war die einzige Person, die sie sehen konnten.

Das kleine Licht, das an der von einem Lampenschirm aus Metall geschützten Wand schien, erhellte ihr Kommen und Gehen.

„Die Tür steht immer offen", sagte Marie. Nur dieser Posten steht zwischen dem Oberst und uns.

„Wir werden nicht lange brauchen, um ihn aus dem Weg zu räumen", versicherte Roy.

Von der Mauer geschützt, rückte er langsam vor, die Pistole in der rechten Hand.

Der deutsche Soldat drehte sich um und Roy lehnte sich an die Wand und wartete darauf, dass er sich umdrehte.

Als der Amerikaner dies tat, rettete er schnell die Distanz, die ihn von der Wache trennte.

Das Geräusch seiner schweren Stiefel, die auf die Steinplatten schlugen, zwang den Posten, den Kopf zu drehen.

Im schwachen Licht der Glühbirne bemerkte Roy den überraschten Ausdruck in seinem Gesicht, aber er hatte keine Zeit zu reagieren und fiel auf ihn und schlug ihm mit dem Kolben der Pistole ins Gesicht.

Der Soldat versuchte, dem Schlag auszuweichen, aber es war nutzlos.

Der Kolben der Pistole fiel ihm ein zweites Mal in den Mund und übertönte den Alarmschrei, der von seinen Lippen kam.

Der Posten zögerte. Roy schlug ihn ein drittes Mal, jetzt auf den Kiefer, und als die Beine des Postens einknickten, hielt er ihn hoch, damit Helm und Waffen kein Geräusch machten, wenn sie den Boden berührten.

Als er ihn auf den Steinplatten des Platzes absetzte, stürzten seine Männer auf die Tür des Gebäudes zu.

Wie Marie gesagt hatte, war sie offen, und zehn Männer stürzten in den Flur, der sie hinunterlief.

Vier andere schleppten die Leiche des Postens in das Gebäude und hielten Wache an der Tür.

Drei Soldaten wurden vom Leutnant in einer Ecke des Korridors zurückgelassen und Roy stürzte mit den anderen auf die Tür zu, auf die Marie zeigte. Ein deutscher Soldat döste neben ihr auf einer Bank.

Als er das Rauschen von Schritten den Flur entlang hörte, wachte er auf und keuchte, als Roy vor ihm auftauchte.

Sie konnten nichts anderes tun, als schnell zu handeln, auch wenn sie mehr Lärm machten als der Teufel selbst.

Der Soldat hielt sich das Gewehr vors Gesicht, als Roy feuerte.

Wie ein Donnerschlag schallte die Meldung in der Halle, und der Deutsche lehnte sich an die Wand und rutschte zu Boden.

Aus einem Zimmer, dessen Tür sich vor dem anderen öffnete, kam ein metallisches Geräusch, das den Beamten alarmierte.

„Vorsicht!" rief er aus." Die Leibwache!

Corporal Evans verstand seine Worte und sprang vor ihm her, das Maschinengewehr auf der Hüfte.

Er war vier Schritte von der Tür entfernt, als ein deutscher Soldat in dem Loch auftauchte, seine Augen von Schlaf verhüllt.

Evans drückte ohne zu zögern ab.

Die vier Explosionen klangen wie eine. Die Geschosse trafen die Leiche des Deutschen, der mit dem Gesicht nach unten im Gang fiel.

Evans sprang auf ihn, stellte beide Füße auf den Boden und drückte wütend den Abzug.

Ein Hagel von Geschossen überschüttete das Wachhaus. Ein deutscher Soldat kauerte in einer Ecke, nahm Evans als Ziel.

Die Explosion seines Gewehrs wurde mit dem Donnern von Evans' Maschinenpistole verwechselt, die nach vorne in den Raum fiel.

Der Soldat hinter ihm feuerte den Deutschen mit einem Maschinengewehr ab, bevor er wieder Zeit zum Feuern hatte.

„Geh! Schnell! Sie werden uns überfallen.

In seinem Gefängnis erwachte Ayers, der friedlich schlief, plötzlich schockiert von einem Schuss im Flur, gefolgt von mehreren weiteren.

Dann war es still und eine bekannte Stimme erreichte ihn:

„Colonel Ayers! Wenn Sie da sind, gehen Sie von der Tür weg.

Ayers verstand warum und stellte sich an eine Seite von ihr, an die Wand gedrückt.

Eine weitere Maschinenpistole sang im Flur und das Schloss zerbrach und wich Roy und seinen Männern, die ihn nicht einmal aufgeregt grüßten:

„Komm, mein Oberst. Schnell!

Ayers trat in den Flur hinaus und warf Marie einen Blick zu, die gerade mit Evans' Maschinengewehr in der Hand aufgesetzt war.

„Danke", sagte er nur.

Nicht wissend, wie er eine Waffe in seiner Hand fand, während er gleichzeitig den Flur entlang geschoben wurde.

Die Soldaten folgten ihm in Scharen, die Waffen schussbereit, und in diesem Moment fielen neue Schüsse vom Platz.

Es waren die Männer, die vom Balkon aus die Außentür des Gebäudes bewachten.

Sie hatten wahrscheinlich eine deutsche Patrouille kommen sehen, als sie die Schüsse hörten, die den Frieden der Stadt störten, und sie hatten nicht gezögert, darauf zu schießen.

Die Patrouille bestand aus einem Dutzend Soldaten. Einige von ihnen fielen niedergeschlagen von den Schüssen, aber die anderen wandten sich dem Haus zu, um den Angriff abzuwehren.

Der Alarm wurde gegeben.

Als sie den Flur entlang rannten, fielen draußen unablässig die Schüsse.

Die Patrouille war von neuen Soldaten aufgestockt worden, und inmitten des Donners der Detonationen zeichnete sich eine energische Ordnung ab.

Niemand wusste genau, was geschah.

Ein Kugelhagel fiel auf Maries Haus, während andere deutsche Soldaten darauf liefen, es zu belagern.

Vielleicht dachten sie, dass einige Maquis darin stark geworden waren.

In diesem Moment verließ die Gruppe, jetzt angeführt von Roy, das Rathaus im Hintergrund und rannte durch die Straßen in Richtung Stadtrand.

Sie waren gerade um eine Ecke gebogen, als hinter ihnen ein scharfer Pfiff ertönte.

"Halt!

Der Befehl wurde in deutscher Sprache von einem Offizier erteilt, der vor mehreren Männern eintraf.

Die beiden amerikanischen Soldaten im Heck drehten sich um die Ecke und ließen ihre Gewehre ihren tödlichen Angriff auf sie schießen.

Ohne anzuhalten, um die Ergebnisse zu überprüfen, schlossen sie sich der Gruppe an.

Roy wünschte sich von ganzem Herzen, dass die Soldaten, die in Maries Haus geblieben waren, sie bereits bei Ivette und Jorge zurückgelassen hätten, aber als sie in der Nähe des Tors des Korrals ankamen, stellte er fest, dass dies nicht der Fall war.

Ein halbes Dutzend deutscher Soldaten kam von der gegenüberliegenden Seite gerannt, bereit, das Haus durch den Pferch zu stürmen.

Das Licht war sehr schlecht.

Vielleicht verwechselten sie deshalb die Gruppe der Amerikaner mit ihren eigenen Gefährten und es lag ein Moment des Zögerns in ihnen, den Roy nutzte.

„Feuer!" schreien.

Eine Salve donnerte durch die Atmosphäre.

Einige deutsche Soldaten fielen in verdrehter Haltung zu Boden, andere begannen sich zurückzuziehen.

Meyers zog eine Bombe heraus und schleuderte sie auf sie, und das Gerät explodierte mit einem schrecklichen Brüllen, was die Verwirrung und den Lärm noch verstärkte.

„Komm schon", brüllte Roy. Wir müssen uns beeilen.

Es war notwendig, die Verwirrung der Deutschen auszunutzen und von dort zu fliehen, bevor sie die Initiative ergriffen, um wieder aufzubauen.

Aber was machten die Leute im Haus, die nicht herauskamen?

Waren sie gestorben?

Nein. Es konnte nicht daran liegen, dass sie vom Balkon aus immer wieder die Schüsse hörten, mit denen sie auf die der Deutschen antworteten.

„Fayer! Roy schrie. Tritt zurück! Bald!

Marie eilte zum Tor und rief nach ihrer Tochter.

Roys Bemühungen, sie aufzuhalten, waren vergeblich, und als die Frau aus seinem Blickfeld verschwand, wandte er sich an seine Männer.

„Drei mit mir", murmelte er. Der Rest von euch zurück zu den Panzern.

„Ich gehe auch", sagte Ayers.

Der Oberst kannte weder die Einzelheiten des Plans noch das Haus, aber er war entschlossen, ihn zu begleiten.

Roy und Ayers betraten mit drei Soldaten den Korral, während die anderen sich zu der Stelle zurückzogen, an der die Panzer warteten.

Durch die Tür des Hauses kamen Fayer und Daniels mit Ivette zum Gehege.

"Und Jorge? Fragte Marie.

"Sie haben ihn getötet", rief Ivette aus.

Das Mädchen rannte zu ihrer Mutter, aber Roy erlaubte ihnen nicht, eine einzige Sekunde mit sentimentalen Ergüssen zu verschwenden.

„Komm schon“, murmelte er. Wir können hier nicht bleiben.

Ivette funkelte ihn fast hasserfüllt an, ließ sich aber zum Tor drängen.

Die ganze Szene spielte sich mitten in der Dunkelheit ab, die von der Glühbirne verursacht wurde, die den Korral beleuchtete und neben der Tür hing.

„Geh. Lass dich nicht unterhalten“, donnerte Meyers Stimme von draußen.

Er überquerte gerade das Tor, als die deutschen Soldaten durch die Tür des Hauses den Pferch betraten.

"Vorsicht! Ayers schrie.

Er feuerte mit seiner Pistole auf sie.

Der erste deutsche Soldat fiel, von seinen Projektilen getroffen.

Die anderen gingen hinter den Fenstern in Deckung und eröffneten aus ihren provisorischen Stellungen das Feuer.

Meyers fiel zu Boden, von Kugeln der ersten Salve durchlöchert.

Den anderen gelang es, den Pferch zu verlassen, aber die Gefahr war noch nicht vorüber.

Ein Dutzend deutscher Soldaten kam angerannt, an den Wänden des Korrals festgeklebt.

„Hinter! Der Leutnant brüllte.

Geschützt durch die Mauer schlüpften die Yankee-Soldaten und die beiden Frauen auf die gegenüberliegende Seite, doch die Deutschen hatten ihre Anwesenheit bereits bemerkt und ihre Waffen feuerten auf die Gruppe.

Die Entfernung und die Dunkelheit verhinderten, dass die Projektile ein echtes Blutbad unter den Flüchtlingen anrichteten.

Roy und der Rest der Gruppe sprangen hinter ihnen eine Seitenstraße hinunter, näherten sich immer noch ihren Feinden und feuerten kurze Schüsse aus einem Maschinengewehr ab.

„Wir müssen die Stadt verlassen", murmelte Roy. Sonst sind wir verloren. Können Sie uns zu den Panzern führen? Er fragte Ivette.

"Ja. Folge mir

Die Deutschen verfolgten sie wie Wölfe, trotz des Widerstands der vier Männer, die den Rücken bewachten.

In den Fenstern der Häuser, die der Straße zugewandt waren, leuchteten einige Lichter, aber niemand sah sie an.

Auf diese Weise fanden sich die Flüchtlinge im Zentrum einer engen Gasse wieder, flankiert von hohen Mauern, deren gegenüberliegendes Ende zum Feld führte.

Noch ein paar Sekunden, und sie würden die Stadt verlassen und auf die Panzer zulaufen.

Aber das Glück hatte sie verlassen.

Roy bestätigte dies mit einem Fluch, als er am Ende der Straße eine Gruppe von Deutschen auftauchen sah, die auf sie schossen und zwei ihrer Soldaten töteten.

Es gab bereits sechs Verletzte.

Aber das war nicht das Schlimmste, aber die Straße war an beiden Enden gesperrt.

„Zur Erde! Der Colonel brüllte.

Sein Befehl wurde mit einer Doppelsalve erfüllt, die von beiden Straßenseiten kam.

Die Projektile zischten an ihnen vorbei und prallten von den Wänden ab, aber sie waren eindeutig verloren.

Die Deutschen hatten sie in dieser Gasse gefangen, wie eine Maus in einem Käfig.

„Aufgeben! Eine Stimme schrie auf Französisch.

Ayers übernahm die Situation.

"Ich habe mit vier Männern auf diese Seite geschossen", sagte er zu Roy. Die anderen mit mir.

Solange es Nacht war, würden die Deutschen mehr Schwierigkeiten haben, sie zu reduzieren.

Sie konnten die Gasse mit Granaten und Handbomben besprühen, ohne jedoch genau zu wissen, wohin sie schossen und riskierten, sich gegenseitig zu verletzen.

Es war notwendig, Widerstand zu leisten, so viel wie möglich zu widerstehen, denn die Zeit arbeitete zu ihren Gunsten.

Die Soldaten lagen auf dem Boden und klammerten sich an die Wände wie Napfschnecken, um jeden Angriff abzuwehren.

Ayers kroch zu Marie hinüber.

„Es tut mir leid, dass du wegen mir in diese Sache geraten bist", sagte er.

„Es tut mir nicht leid", antwortete sie. Musste es tun, Bruce. Es war meine Pflicht. Wenn wir scheitern, schade.

"Es ist Ivette, die mir Sorgen macht", sagte er.

Die Deutschen machten neue Downloads. Sie feuerten mit auf den Boden gerichteten Waffen, und die Geschosse gruben sich in geringer Entfernung von ihren Körpern in den Boden oder kollidierten mit den Wänden und rissen Gipsbrocken ab.

„Wir werden hier nicht rauskommen", stöhnte Ivette.

Roy streckte eine Hand aus und berührte die tränennasse Wange des Mädchens.

In diesem Moment, ihre Arroganz verloren, war sie nur noch eine arme Frau voller Angst vor dem Tod.

„Verzweifle nicht“, versuchte er sie zu ermutigen. „Denken Sie daran, dass die Panzer in der Nähe sind. Vielleicht werden sie uns zu Hilfe kommen.

Er feuerte mit der Maschinenpistole auf verschiedene Schatten, die sich vorsichtig näherten, gegen die Wände gedrückt.

Die haben aufgehört. Ein erstickter Schrei drang an die Ohren der Flüchtlinge, und eine weitere Salve traf sie als Reaktion auf ihre Schüsse.

Neben Ayers streckte Marie plötzlich ihren Körper und ließ ein schmerzerfülltes Stöhnen von sich.

„Marie!“, murmelte der Colonel. „Was passiert?

„Ja“, antwortete sie. Im Mutterleib...

Ayers biss vor Wut die Kiefer zusammen.

Marie war an seiner Seite, tödlich verwundet, als sie so wenige Schritte von der Freiheit trennten.

„Wir werden aufgeben“, sagte er. Lieutenant, rufen Sie, wir ergeben uns. Marie ist verletzt.

Nein, stotterte die Frau. Das wird nie. Sie werden uns auf der Stelle erschießen. Sie hatten heute Nacht zu viele Verluste, als dass wir sie in Betracht ziehen könnten. Sie werden uns alle erschießen. Geben Sie nicht auf, Lieutenant.

Ivette kroch zu ihrer Mutter und umarmte sie.

„Es kann nicht richtig sein“, murmelte er. Es war sicher, er konnte nicht...

Weinen unterbrach ihre Wehklagen.

Roy knirschte wütend mit den Zähnen. Vielleicht verblutete Marie in der Dunkelheit der Gasse, ohne etwas für sie tun zu können ...

Ich höre.

Ein entferntes Geräusch, nur ein kontinuierliches Geräusch, das von jenseits der Straßenmündung kam, ließ ihn die Augen öffnen und versuchte, die Dunkelheit zu durchdringen.

Andere Soldaten hatten es auch gehört.

„Töte mich, wenn es kein Panzer ist“, murmelte einer von ihnen.

Das Geräusch machte sich immer weiter, von Mal zu Mal anders. Ja. Es bestand kein Zweifel mehr. Seine Gefährten kamen ihm zu Hilfe.

Ein aufgeregter Soldat rief:

„Die Panzer! Wir sind gerettet!

Es war möglich, dass es so war, aber er würde es nie sehen.

Wahnsinnig vor Freude erhob er sich vom Boden und seine Worte zogen einen Kugelhagel auf seine Silhouette.

Seine Worte erstarben in einem unheimlichen Gurgeln und er fiel auf seine Gefährten, blutend aus einem halben Dutzend Wunden.

In der Dunkelheit um sie herum wurde das schwache Licht vom Ende der Straße plötzlich von einer riesigen Masse abgefangen.

Die Deutschen hörten auf zu schießen und drehten sich um, um sich der Gefahr zu stellen, die ihnen von hinten drohte.

Die Maschinengewehre des Panzers begannen zu knistern, und einige von ihnen bissen in den Staub.

„Kopf hoch! Roy schrie. Sie sind schon hier!

Die Deutschen am anderen Ende der Straße schossen immer noch verzweifelt auf sie.

Die Diener des Panzers säumten die Kanone zu diesem Zweck und feuerten zwei Projektile ab, die über die Köpfe der Belagerten zischten, die auf ihn zu krochen begannen, auf dem Boden zu kriechen.

Granaten explodierten auf der anderen Straßenseite und spalteten mitten in der Nacht rosa-violett.

Roy näherte sich Marie.

Sie muss schwer verletzt gewesen sein, aber sie weigerte sich dennoch, weggetragen zu werden.

„Lass mich“, murmelte er. Gehen Sie in Sicherheit ... sicher ...

„Wir werden dich nicht hier lassen“, murmelte Ayers.

Roy nahm sie in seine Arme und rannte auf den Tank zu.

Er war in seiner Nähe, als weitere Schüsse zu hören waren.

Der Leutnant verspürte einen entsetzlichen Schmerz in seiner Brust.

Er konnte es nicht vermeiden und brach mit dem Gesicht nach unten auf Marie zusammen.

Der zweite Panzer verband seine Schüsse mit dem ersten.

Ayers und seinen Männern gelang es, die beiden Verwundeten aus der Reichweite des deutschen Feuers zu ziehen.

Mit Hilfe ihrer Diener wurden die Leichen von Roy und Marie in einen der Tanks gehievt.

„Hinter! Der Oberst befahl.

Von den Panzern geschützt verließ die Gruppe die Gasse und rückte auf die Stelle zu, an der sie den Lastwagen verlassen hatten.

"Mit Vollgas", sagte Ayers.

Die starken Motoren der Panzer erhöhten die Pulsationsrate.

Die Soldaten kletterten auf sie zu, gleichzeitig explodierten einige Granaten hinter den stählernen Monstern.

Eine Gruppe deutscher Soldaten rannte hinter ihnen her und weigerte sich, ihre Beute zu verlieren.

Die Amerikaner feuerten ihre Waffen auf den Zug ab, stoppten ihren Vormarsch und die Fahrzeuge verloren in Richtung Tessy.

Ungefähr eine Meile von der Stadt entfernt sprangen einige Soldaten aus ihnen und rannten auf die Stelle zu, an der der Lastwagen wartete, während die beiden Panzer im Dunkeln davonfuhren.

Dumont fiel hellwach zurück.

Es enthielt die Leichen von sechs amerikanischen Soldaten, aber einer der besten Yankee-Panzertechniker war gerettet worden.

Drei Meilen weiter gesellte sich der Lastwagen zu ihnen und die Verwundeten wurden dorthin transportiert.

Auf dem Boden des Fahrzeugs liegend, erlangte Roy durch das Rasseln das Bewusstsein wieder.

Er fühlte sich sehr schwach und sein Kopf drehte sich, aber das hinderte ihn nicht daran, die warme Hitze einer Frauenhand wahrzunehmen, die eine von ihren fest drückte.

Ivettes Stimme flüsterte ihr ins Ohr:

"Vielen Dank.

Ich war von Emotionen und Zärtlichkeit durchdrungen.

Roy drückte auch seine Hand, und die Lippen des Mädchens legten sich auf seine Stirn und strichen leicht darüber, wie das Flattern eines Schmetterlings.

„Und deine Mutter?", frage ich.

Er hörte nicht einmal Ivettes Antwort, denn die Ohnmacht stürzte ihn sofort wieder in die Bewusstlosigkeit, als er die Frage stellte.

* * *

Er brauchte zwanzig Tage, um sich aus der Gefahrenzone zu retten.

Zwanzig Tage im Kampf gegen den Tod, zuerst in Tessy und dann in Caen, wo er evakuiert wurde.

Ivette besuchte ihn häufig und teilte ihre Aufmerksamkeit zwischen ihm und seiner Mutter.

Marie erholte sich lange vor Roy, da ihre Verletzungen leichter waren.

Colonel Ayers setzte seinen Siegeszug vor seinen Männern in Richtung der Ardennen fort, wo bald die letzte große Schlacht des Kampfes ausgetragen werden sollte.

Eines Tages sah Roy Ivette in sein Zimmer kommen,

Das Gesicht des Mädchens strahlte Zufriedenheit und Freude aus. Er setzte sich auf die Bettkante und fragte:

"Wie geht es dir heute?

„Sehr gut. Ich freue mich schon aufs Sonnenbaden", erwiderte der Beamte.

„Ich denke, Sie können es heute tun. Der Arzt hat es mir gesagt. Ich habe ihn im Flur gefunden.

„Bist du deshalb so glücklich?“ fragte Roy.

Er war sehr dünn. Ihr Gesicht war blass und angespannt, aber ihre Augen leuchteten mit dem gleichen alten Lächeln.

"Dafür und für andere Dinge", antwortete Ivette.

„Nun. Können sie bekannt sein oder nicht?

„Natürlich tust du das, Roy. Lesen Sie hier, dass "Ivette ihm den Umschlag reichte, den sie trug." Sie haben es mir im Büro gegeben.

„Du scheinst das ganze Krankenhaus durchgelaufen zu sein, bevor du zu mir gekommen bist“, sagte Roy.

Er öffnete den Umschlag und zog ein Blatt Papier heraus, das er mit freudestrahlenden Augen überflog.

„Das ist großartig“, sagte er aufgeregt. Wissen Sie, was es ist?

"Ich denke", antwortete Ivette lächelnd.

„Ich weiß nicht, ob ich es verdiene. Mich...

"Natürlich haben Sie es verdient, Captain De Ruse", rief das Mädchen aus. Jeder habe seine Auszeichnung bekommen, fügte Roy „aufgeregt hinzu“. Sogar die Toten.

Der Offizier war immer noch da und dachte an seine Männer. Ivette sagte:

„Ich würde es gerne sehen, wenn du diese Medaille bekommst, Roy.

Er steckte das Papier in den Umschlag.

„Weißt du etwas über deinen Vater?“ frage ich.

"Ja. Er sagt, er hofft, dass Sie sich bald erholen, damit Sie dem Regiment beitreten können. Er hat vor, Sie zu seinem Assistenten zu ernennen.

Roy knurrte,

„Das mag ich am wenigsten“, sagte er. „Dass ich mich von dir trennen muss ...

Das Mädchen nahm seine Hände.

„Roy“, murmelte er. „Das macht wenig aus. Wichtig ist, nach dem Sieg das Ende zu erreichen.

Er nickte.

„Was hältst du von deinem Vater?", fragte ich.

„Er ist ein ganz Gentleman. Als ich sah, wie er meine Mutter heiratete und glaubte, dass sie im Sterben lag, verstand ich, dass ich nicht aufhören konnte, ihn zu lieben.

„Nun. Ich denke, etwas wird in deinem Herzen bleiben für einen armen Teufel, der gerade zum Kapitän befördert wurde", scherzte Roy.

"Du meinst du?

"Wer sonst?

Ivette näherte sich Roys Gesicht.

Sie senkte leicht den Kopf und küsste ihn auf die Lippen.

"Es ist das letzte, was Sie bekommen, bevor wir heiraten", sagte das Mädchen fröhlich. Aus den Gezüchtigten werden die Gewarnten geboren.

Roy legte seinen Kopf zurück auf das Kissen.

Die Vögel zwitscherten im Garten und seine Seele war voller Glück.

Ivette drückte ihr Gesicht an seines und murmelte:

„Roy... du hast mich immer Süße genannt.

Der Leutnant legte einen Arm um ihre Schultern.

„Ich habe es nicht vergessen, Süße", murmelte er.

ENDE

www.ingramcontent.com/pod-product-compliance
Lightning Source LLC
LaVergne TN
LVHW090043160826
845672LV00013B/507